算是劫也是緣 下

風文創 1262

墨脫秘境 著

目錄

第三十五章

在鎮上歇息的兩、三日，裴臨川經常前來孟夷光門口轉悠。

孟夷光哭過之後就已後悔，覺得很丟臉，不想再見到他，每次給他換了藥之後，就板著臉將他趕回屋。

眼見再不啟程就趕不上崔老太爺的生辰，這天又該換藥，裴臨川進屋後也不吭聲，拿著抹了藥膏的布巾遞給她，熟門熟路地半躺在榻几上。

裴臨川自己開藥方，阿愚去抓藥回來，內服外敷，現在腰傷已經慢慢癒合。孟夷光拆開他腰上的布巾，見今天的傷似乎又好了許多，總算放下心。

「我得啟程去青州，你們打算去哪裡？」孟夷光纏好布巾後，站起來轉過身去，等他穿好衣衫，聽到背後窸窸窣窣的穿衣聲，開口問話掩飾自己的尷尬。

裴臨川靜靜地回答。「去青州。」

孟夷光有些詫異地問：「你去青州做什麼？」

背後聲音漸停，卻沒有聽到他的回答，她等了一會兒，轉身疑惑地看過去，剎那間血氣上湧，臉羞得通紅。

他敞著上衫，手撐著頭斜倚在榻几上，如同美人坐臥圖，眼裡含著笑意望著她。

孟夷光經常替他換藥，早就見過他的身體，前世更見多了比他穿得還要少的畫面，可他這樣故意躺在她面前，還是讓她心跳得莫名飛快，手足無措。

裴臨川非常大方地說道：「妳每次都會偷看，現在妳可以多看幾眼。」

孟夷光羞紅了臉，不說話。

裴臨川直起身，手抓著衣衫還要繼續脫，期待地道：「是不是不夠？我可以都脫掉。」

孟夷光臉頰滾燙，狼狽地轉過身，呵斥道：「誰要看，快給我穿上！」

裴臨川愣了下，慢慢合上衣衫，委屈地道：「只給妳看。」

孟夷光依舊難為情。

裴臨川慢吞吞拉上衣衫，半晌後悶悶地道：「妳上次哭，我想讓妳開心。」

孟夷光心裡一酸，他不是孟浪唐突之人，憑藉著本能想對她好，也敏銳地察覺到這些時日自己躲著他，才會盡心盡力來討好她。

她嘆口氣，轉過身說道：「明早我們就會啟程，你也去青州？」

裴臨川仔細撫平衣衫，說道：「我也去青州，妳去哪裡我也去哪裡。先生說要聽從自己的心，我的心指引我跟隨妳走。空寂老和尚在青州，我想問問他，為什麼我總覺得，自己忘了什麼重要的人和事。」

空寂大師是得道高僧，全大梁無人不知，卻極少有人見過他。

孟夷光愣怔片刻，嘴裡盡是苦意，低聲道：「好，盼著你早日找到。」

裴臨川站起身，緊盯著她的臉，不疾不徐地道：「我會一直護著妳，妳不要傷心。」

孟夷光更覺酸楚，只勉強笑了笑。「你回去歇息吧，明日一早我們就啟程。」

翌日一大早，一行人離開客棧上路。

天氣晴好，馬車也不再那麼顛簸，崔氏送佛送到西，差嬤嬤在裴臨川車裡墊了厚厚的被褥，讓他半躺著舒適許多，又念著他受傷失血，用小爐子換著花樣熬補血的羹湯。

裴臨川見到崔氏像是乳燕投林，每到用飯時辰，就會不由自主圍著她轉，惹得孟季年好幾次都挽著袖子想要揍他。

崔氏卻有自己的想法，將孟季年勸下來。「你瞧他都快成了小九的尾巴，那點小心思都明明白白寫在臉上。他從小孤苦無依，再說這件事又怪不到他頭上，可憐見的，唉，不過是幾口吃食，對他好一些，我們也算是仁至義盡。」

到了青州府城，崔家派人在城門口迎接，親戚互相見禮寒暄，又一起進城回崔府。

裴臨川的馬車一直跟著他們到崔府門口，見他們進了府，才依依不捨地掉頭離去。

崔老太爺有一妻兩妾，嫡妻王老夫人生有長子和三子、嫡長女崔氏，小妾各生有一兒一女。

兒子們又各自娶妻生子，一大家子擠滿正廳，崔氏紅著眼見禮。

孟季年與孟夷光跟在後面打招呼，一圈下來已經頭暈腦脹，誰是誰也只囫圇打了個照面。

王老夫人一手牽著崔氏，一手攬著孟夷光，已哭得泣不成聲，女眷們也在旁邊陪著哭。

崔老太爺年紀比老神仙年長幾歲，仍舊紅光滿面、精神矍鑠，微胖的臉和和氣氣，笑咪咪地道：「女婿一家遠道而來，路上辛苦了，先回院子洗漱歇息，待有了力氣，你們再好好哭。」

孟夷光忍不住看過去，崔老太爺對她眨了眨眼，她莞爾一笑。

能掙下這麼大一份家業，在青州乃至全大梁都是數一數二的富翁，讓皇帝都惦記他口袋裡銀子的人，只怕與老神仙一樣，絕非表面那般和善。

王老夫人忙笑道：「你瞧我都糊塗了，光顧著高興。老大，老大媳婦，你們領著他們去院子，看房裡有沒有缺什麼。」

崔敬是嫡長子，常年跟在崔老太爺身邊經營生意，生得與崔氏有三分相似，身形微胖、面容和善，領著孟季年去前院。

老大媳婦華氏，現在府裡掌管中饋，以前崔氏尚在閨中時，她們關係極好，不待王老夫人吩咐，自是熱絡地挽著崔氏，又招呼著孟夷光，出了大廳、乘上軟轎，前去備好的客院。

崔府占地寬廣，遠比京城孟府還要大上數倍，府裡亭臺樓閣、雕梁畫棟，更有條河流穿府而過。

一路上孟夷光看得眼花撩亂，婆子抬著軟轎穿過垂花門，彎來繞去走了大半炷香的工夫，才到客院。

孟夷光不動聲色打量，心裡卻暗自咋舌。五進的院子高大軒敞，裡面榻几案桌皆是小葉紫檀，多寶槅上面擺著各種精巧玩意兒，牆上隨意掛著大家真跡字畫，富貴又恰到好處。

華氏笑道：「想著妳們母女平時也難住在一起，就沒有將妳們分開，安排在同一個院子裡。小九，妳可知曉，這裡是妳阿娘出嫁前住過的院子，後來重新擴建翻修。自從接到妳們要來的書信，母親就急著著手佈置，說三娘出嫁前什麼模樣，回到娘家還是什麼模樣。」

崔氏四下打量，見屋子裡的屏風都是雙面繡屏，又忍不住紅了眼眶，哽咽著道：「這一離家就是數十載，阿娘還記得我喜歡這些物件，可我卻不能在她老人家跟前伺候，真是不孝。」

華氏娘家也離得遠，幾年才能回去一次，府裡又忙著走不開，每次都是匆匆來回，聞言也跟著潸然淚下。

孟夷光忙著左右相勸，華氏又拭去淚水，看著她道：「小九生得真好，又乖巧懂事，是我的不是，妳們累了一場，還陪著我在這裡哭。妳們先去洗漱，略用些點心、茶水，歇息一陣子，晚上再一起飲酒說話，我就先回去了。若有缺什麼東西，差人過來跟我說一聲就行，萬萬莫跟我客氣。」

華氏笑著出了門，崔氏與孟夷光要送她出去，又被她推回來，來回推遲之間，孟夷光只覺得比趕路還要辛苦萬分。

去淨房洗漱之後，坐在軟榻上歇息喝茶，碟子裡的栗子糕做得小巧，軟糯可口又不膩，孟夷光連吃了好幾個，才總算長長舒了口氣。

崔氏也吃了兩個，笑著說道：「我還未出嫁時就最喜歡吃栗子糕，這道點心雖說稀鬆平常，到了京城之後，卻再也沒有吃到這個味道。廚房換著方法做，總覺得缺了些什麼。」

「青州的栗子比京城的要甜些，因為這裡是阿娘的故鄉呀。」孟夷光吃不出好壞，知道崔氏只不過是因為想家，才會覺得家裡的更可口美味。

思及崔府的富貴，孟夷光好奇問道：「阿娘，崔家是做什麼生意發家的？」

崔氏抿嘴一笑。「妳外祖父定會跟妳講崔家祖上是做錢莊發家，他還請人編了崔氏札記，送了一本到京城給老神仙，他可曾與妳講過？」

在臨出京城時，老神仙差人將孟夷光叫回孟府，祖孫倆密談很久，又交代她一些事，最後他笑呵呵地告訴她，崔阿財當著眾人面前說的話，她一個大字都別信。

孟夷光搖搖頭，笑道：「老神仙只託我帶了些話給外祖父，其他的倒未曾說起。」

崔氏本來想問，可想到老神仙親口所託，只怕是重要之事。

她雖然對外面之事知曉甚少，可見到孟夷光這一路的行事手腕，看似溫和、不動聲色，又極有耐心，老胡卻對她俯首聽命，他們可能是在謀什麼大事。

崔氏遂不再問，轉而笑道：「妳外曾祖父以前在賭坊門口幫人放印子錢，一來二去賺了幾個大錢，他就得了妳外祖父一個兒子，盼著他讀書考學，能當官光宗耀祖。妳外祖父聰明是極聰明，可唸書就是讀不下去，倒是對放印子錢很有天分，便接下了妳外曾祖父的衣缽，靠著這個賺了些錢，全部拿去組一支商隊，帶了絲綢茶葉去關外，來回幾次倒騰，商隊越來越多，後來關外不太平，才又開了錢莊。」

孟夷光這一路走過來，知道這個世間行路有多難，更遑論前朝局勢動盪，崔老太爺的商隊能安然無恙，還能積下這麼一大份家產，他就絕非常人。

她微微沈吟後問道：「外祖父以前的商隊，走的可是北戊？」

崔氏回憶了一下道：「好像是，他不止一支商隊，除了北戊還有南疆。又打了海船跟著賀家出海，前朝末年時，年年打仗，妳外祖父這些生意都停了，一門心思做了糧商。有一次皇帝缺糧草，從妳外祖父手上買糧。說好聽點是買，要是有銀子，還會缺糧草嗎？原本要買上千石的糧食，妳外祖父乾脆開倉庫，讓那些兵丁將糧食全部搬去，只給家人留了些口糧。」

青州靠海，賀家是青州最大的海商，與崔家沾了些遠親。京城馬行街上的「海外奇珍」，就是青州賀家的鋪子。

兩家都遠離京城，賀家還有幾個族人在京城當小官，崔家卻一人都未進京。

孟夷光自是明白，皇帝手上握有重兵，就算崔老太爺不給，那些糧食最後也保不住，借了一次還有下次，倒不如高姿態，乾脆讓他全部拿去，還能落個好。

以崔老太爺的眼光，又怎麼看不清楚當下局勢，改做糧食買賣，一是藉機賺銀子，二就是為了到時候買崔家一個平安。

皇帝得了好，念著崔家，要是崔老太爺能進京，崔家幾個舅舅，功名前程自是不在話下。可崔家一人都沒有進京，皇帝不僅欠下了他一份大人情，更是為崔家留了條退路。

自古以來，伴君如伴虎，多少家族一夕崛起，又多少家族頃刻間灰飛煙滅。

孟夷光對崔老太爺的敬佩更甚，他是少有清醒又抵擋得住誘惑之人，不過想到老神仙的話，心裡不免又有些忐忑。

「妳大舅舅、三舅舅倒好，只那老二是姨娘所出，自小就愛讀書，娶的妻子又是舉人家的女兒，在崔府是數一數二的才情過人，妳見著時離他們遠一些。」崔氏也不隱瞞，乾脆道：「全氏就是眼高手低，一直抱怨妳外祖父偏心，不讓老二出仕，我呸，他有本事能考中，會有人攔著他？」

看來家家都有本難唸的經，親兄弟之間還尚有齟齬，何況不是一個娘胎出來的兄弟。

孟夷光笑著應下，兩人又說了一會兒話。

第三十六章

稍晚，一個嬤嬤過來，笑著施禮後道：「老太爺、老夫人久未見到妳們，一心念著要跟妳們好好說說話，又怕妳們累了在歇息，便差我前來看看。」

崔氏聽到父母都在，忙笑道：「我們已經歇息過，這就隨嬤嬤過去。」

嬤嬤領著她們到王老夫人的院子，前腳剛到，孟季年也被人領著走進來，忙著施禮之後，三人分別落坐。

崔老太爺笑咪咪地問道：「三郎，你阿爹可好？」

孟季年笑著答道：「跟你老人家一樣，精神好得很。自從出仕之後，每日早出晚歸也不見喊累。」

崔老太爺哈哈大笑，搖搖頭說道：「我不能跟他比，我不過是賺餬口的銀子，他操心的可是家國大事。」

王老夫人不耐煩聽這些，她將孟夷光喚到身邊坐下，又揮退屋裡的丫鬟嬤嬤，握著她的手上下打量，眼眶又漸漸紅了，難過地道：「妳長這麼大，我都沒有見過妳幾眼，先前還跟妳阿娘寫信商量，讓妳嫁回青州來，也能常常看顧著妳，但妳阿娘不肯，說要把妳留在身邊，這留來留去，倒落了這般境地。」

孟夷光忙笑著勸慰道：「外祖母，我沒事。六姊姊現在離得遠，我要是再嫁遠了，就剩下阿娘一個人在京城。兒女都是阿娘的心頭肉，外祖母捨不得阿娘，阿娘也捨不得我。」

崔氏遞過帕子，勸著她道：「阿娘，小九比妳我都想得開，現在也好，以後想再嫁人，就嫁人；不嫁人，我養她一輩子。嫁人有什麼好？還是在娘家時，日子過得最為舒心。」

王老夫人看了一眼孟季年，拍了她一下，嗔怪地道：「胡說什麼，孫子都有了，還說什麼嫁不嫁人的話。」

孟季年乾笑，插嘴道：「岳母可不知，在家裡我不知聽她這般說過多少回，反正我都聽她的，她說什麼就是什麼。」

王老夫人又笑起來，崔氏瞪了孟季年一眼。

崔老太爺捧著茶杯看著他們，問道：「小九，聽說國師也來青州？」

孟夷光愣了下，想不到崔老太爺這般厲害，裴臨川深居簡出，見過他的人少之又少。

先前他到京城那麼久，老神仙都不知他長得什麼模樣，崔老太爺遠在青州卻已得知。

崔老太爺放下茶杯，笑道：「以前皇上差人來崔家借糧，對外我可是對誰都說沒了糧食，連糧食鋪子都關了好幾家。我還想著，是誰得知崔家究竟有多少糧食，再加上損失那麼多糧食，難免不甘心，派人前去軍營打探，知曉這是國師出的主意，也得了一幅他的畫像。今天他可是到了府門口？」

孟夷光心裡複雜難言，微笑著道：「國師前去拜訪友人，一同到了青州。」

崔老太爺眼睛瞇了瞇，又笑了起來。「我還以為他是又來借糧，不是就好，不是就好。」他拍了拍胸口，站起來道：「讓妳爹娘他們陪著妳外祖母，小九，妳隨我來。先前妳出嫁時，我還有好些東西來不及送給妳，現在妳和離了，這些東西就讓妳看看，過過癮。」

孟夷光哭笑不得，站起來對王老夫人屈膝施禮，跟著崔老太爺走出去，到他的書房。

崔老太爺拿出一本崔家札記出來，放在她的面前，嘿嘿笑道：「孟家家譜能寫一本書，崔家的札記一樣能寫一本書。」

孟夷光抿嘴笑，隨手翻開一看，臉上的笑意不變，眼神卻漸漸凝重。

上面寫著不過寥寥數語，記載了崔家商隊最近由北疆進北戊的幾次貨物種類，以及數額。

崔老太爺淡笑，看著她不說話。

孟夷光抬起眼，微笑著說道：「外祖父，老神仙託我問你一句話，你的商隊，還跑不跑北戊？」

崔老太爺一愣，然後笑容可掬，臉上又是一團和氣，說道：「怎麼會不跑，妳祖父那老滑頭，我就知道他坐不住，他瞧不慣蠢貨，我也瞧不慣蠢貨。當年姓徐的來拉糧食，到崔家吃了一次飯，差點將我的碗都吞進去，說是用崔家的碗來盛飯，比別家的都要香一些。」

孟夷光笑個不停，心中一塊石頭落地。原來崔老太爺也防著徐家伸手，有他的助力，將會事半功倍。

兩人細聲商討一會兒，一同去前廳吃了接風酒席，孟夷光一直笑著與人招呼，簡直笑得臉都發僵。

好不容易吃完酒席，孟夷光與崔氏回到院子，都累得說不出話，各自回屋洗漱歇息。

孟夷光才洗漱完出來，窗櫺被咚咚敲響，正在為她擦頭髮的鄭嬤嬤嚇了一跳，忙上前問道：「誰在外面？」

裴臨川清越的聲音傳來。「是我。」

鄭嬤嬤愕然半晌，轉頭看了一眼孟夷光，見她煩惱無比地點點頭，忙上前打開窗。

裴臨川手撐在窗臺上，靈活一躍鑽了進來。

孟夷光惱怒至極。「你來做什麼？」

裴臨川從懷裡拿出一個小包裹遞給她。「我晚上睡不著，想到妳也睡不著，水土不服，吃了這藥就可以安睡。」

孟夷光看了一眼屋角的滴漏，才不過戌時過半，他就睡不著了？又想到這裡是崔府，人多嘴雜，幸好守在屋裡屋外的人都是自己帶來的丫鬟婆子。

孟夷光壓低聲音，瞪著他道：「府裡這麼多護衛巡邏，你闖進來小心被人當賊抓住，哪有人晚上亂闖小娘子閨房的？」

「他們沒有發現，阿愚、阿壟在外面守著。」裴臨川眼神無辜又委屈。「我只進妳的閨房。」

孟夷光怒道：「我的閨房，你也不能進來！」

裴臨川垂下眼簾靜默片刻，抬眼看著她，果斷拒絕。「不行。」

孟夷光深吸氣，按捺住揍他的衝動，沒好氣地道：「好了，藥放下吧，你住哪裡？趕緊回去睡覺。」

「我住在四明山上，空寂老和尚在那裡。」裴臨川戀戀不捨看了她好幾眼，邊往外走邊回頭。「那我走了，我會經常來看妳。」

他還會經常來？可依他的脾氣，跟他說也是白費口舌。見他手撐著窗臺往外跳，孟夷光剛想說可以從大門出去，又閉上了嘴。

算了，走大門叫登堂入室，跳窗是登徒子行徑。

崔氏也洗漱完畢，聽到她這邊的響動，忙來到她房間，擔心地道：「我聽到妳這邊屋子裡有動靜，可是出了什麼事？」

孟夷光與崔氏分住在東、西屋，瞞不住也不願讓她擔心，便指著藥包說出裴臨川來過。

崔氏又想笑又生氣。「真是，哎喲，這個小兔崽子，身子好了就不守規矩亂闖，那些補品、飯菜，真是白給他吃了！」

第三十七章

崔老太爺生辰，只下帖子請了親戚與交好的人家上門飲酒。男、女眷分開在前、後院花廳裡吃酒席，靠近水榭之處搭了戲臺子，婦人們吃完酒席在聽戲。小娘子們坐不住，三三兩兩聚在一起，在暖閣裡喝茶說笑，或玩投壺捶丸，好不熱鬧。

王老夫人愛聽戲，孟夷光與崔氏也陪在她身邊，與一群上了年紀的老夫人們，坐在臺下聽臺上咿咿呀呀的唱，雖聽不太懂，卻仍舊極有耐心坐著。

她身分尷尬，雖然來的人都精明，不會問她的親事，可也與小娘子們玩不到一起，還不如坐在這裡多陪陪老人。

嬤嬤上前躬身道：「九娘，老太爺的小廝來傳話，讓妳過去陪老太爺下棋。」

王老夫人與崔氏互看一眼，她拍了拍孟夷光的手背，溫聲道：「去吧，老頭子是臭棋簍子，沒人願意陪他下棋，妳讓他幾顆子逗他開心。」

孟夷光笑著應下，領著鄭嬤嬤起身而去。

崔老太爺坐在靠河邊的暖閣裡，一個身著粗布衣衫的胖老頭坐在對面，他正手持黑子，神情糾結，手動了動，想要落子又收回手。

崔老太爺感到煩了，伸手搶過胖老頭手上的棋子，啪一下放在棋盤上。「你有完沒完，等你落一顆子，怕是等到我入土也等不到！」

胖老頭急了，忙將棋子撿起來，緊緊握在手裡，面紅耳赤地罵道：「這是小心謹慎，你懂個屁！」

靠在欄杆上釣魚的白衫男子回轉身，笑著抱怨。「我的魚都被你們嚇跑了。」說完，男子驀地抬起頭，看向走近的孟夷光，臉色淡了淡，旋即又恢復笑意，朝她頷首斯文一笑。「這位妹妹我倒未曾見過。」

孟夷光欠身施禮，大大方方打量著他。

男子身形高大，年約二十左右，丰神俊朗，儀態風流，尤其那雙細長深邃的眼睛，讓人忍不住看了又看，像是要被捲進去。

崔老太爺回轉頭，對她招招手，笑得誇張無比。

「啊，是小九來了，快來拜見賀大，他家裡富得流油，卻摳門得很，總得讓他出出血，拿出一件像樣的見面禮。」

賀大？莫非是在青州與崔家齊名的賀家老太爺？

孟夷光忙上前屈膝施禮。賀大盯著她仔細瞧來瞧去，眼中漸漸盡是滿意讚賞，哈哈一笑，隨手拿了一只碧綠的玉貔貅遞過來。

「小娘子生得真好，有福相。萬幸萬幸，長得不像妳外祖父，不然就該哭嘍。」

「呸，我年輕時可是青州一枝花，俊俏風流無人不知。」崔老太爺啐了他一口，搶先將玉貔貅拿在手裡，摩挲了幾下，才滿意地點了點頭。「哼，還算不錯，你個摳門的總算大方了一回。」他對孟夷光眨眨眼，將貔貅遞過去，笑咪咪地道：「收下吧，不要白不要。」

孟夷光溫婉一笑，又屈膝謝過賀大，雙手接過玉貔貅看也未看，隨手交給鄭嬤嬤。

「哈哈哈，你有外孫女拿出來炫耀，我也有好孫子，來來來。」

賀大對白衫男子招手，將他推在面前，笑道：「這是我老大家的小兒子，家裡排行第七，賀七賀琮，今秋青州的新進舉人。」

賀琮叉手施禮，孟夷光也盈盈屈膝還禮，他微微笑道：「原來是京城來的小娘子，怪不得未在青州見過。」

孟夷光想起一大清早，崔氏就被王老夫人叫過去，兩人不知說了些什麼，在她去請安時，還一臉神秘。

這時她恍然大悟，兩家人的心思昭然若揭，想將兩人湊對，只怕賀琮也被蒙在鼓裡，所以心下不滿。

「小九別聽他胡說，他哪裡見過什麼小娘子，不然怎會老還打著光棍。」賀大笑呵呵地損完賀琮，站起身來招呼著崔老太爺。「你的棋下得太臭，跟你下太沒意思。聽說孟老兒將他那把鍾大家的紫砂壺送給你，走走走，用你的壺泡杯茶喝，看看能不能喝出銀子的味道來。」

崔老太爺也站起來，對孟夷光說道：「我去讓賀大開開眼，你們年輕人一起下下棋、說說話。」

兩人鬥嘴笑罵著離去，賀琮笑著伸手招呼她。「手談一局？」

孟夷光搖搖頭，淡笑道：「我下得不好，也就不獻醜，外祖母還在等我去聽戲，就此別過。」說完屈膝施禮轉身欲離去，卻被他叫住了。

「哎，別急著走呀！」賀琮若有所思看著她，旋即直接道：「因我的話生氣了？對不起，家裡長輩一直操心我的親事，我經常會突然偶遇各種小娘子，所以說見過許多青州小娘子也不算胡說。」他臉上笑意更甚，雙眼閃亮。「尤其是我中舉之後，媒人來得太多，賀家門檻都換了幾道新的，一次比一次修得高。」

孟夷光莞爾一笑，賀琮這個人還挺有意思。

他握著一黑一白兩顆棋子，左右手互相拋來拋去，偏著頭看向她道：「京城小娘子都惜字如金？」

孟夷光坦白道：「我不是小娘子，我是和離歸家的婦人，不宜與男子多說話，瓜田李下說不清楚。」

她不欲多說，再次屈膝施禮，轉身與鄭嬤嬤一起離開。

賀琮斜倚在柱子上，看著她遠去的背影，神情難辨。

孟夷光擰著眉頭，崔老太爺不是不知道她的心思，崔氏卻也應下來，怕是想讓她再嫁，斷絕與裴臨川在一起的念頭。

鄭嬤嬤走上前，低聲勸道：「九娘，夫人也是擔心妳，妳別跟她生氣。」

「沒事，我不會放在心上。」孟夷光隨意答道，見四下清幽，難得清靜，乾脆放慢腳步悠閒轉悠。

鄭嬤嬤心裡嘆了口氣。九娘與國師之事，無人比自己更清楚，就算在旁邊看著，也替兩人揪心難過。

九娘卻從來不說，不哭不爭，懂事得令人心疼。

孟季年曾說過，她最為懂事，其實這樣也最吃虧。兄妹四人，雖然父母不偏心，還會多看顧著她一些，但能分到她身上的關愛，也有限度。

七郎是長子，父母自會多花心思在他身上。六娘性情潑辣，想要什麼會吵著向父母伸手。十郎最小，又是老來子，全府上下都寵著他。只有九娘，夾在兄妹中間，因為身子不好，從小就乖巧懂事，再苦的藥也一聲不吭喝下，從不讓父母操心。

鄭嬤嬤覷著她的臉色，笑道：「還以為能見著六娘，說起來都好幾年未見她了，也不知她現在何樣。不過她不能來倒是喜事，生了阿鸞好幾年都沒有動靜，妳阿娘都快急死了，還以為她月子沒坐好傷了身子，現今可總算能放下心。」

孟六娘接到他們來青州的信之後，急著見父母妹妹，也遞了消息說要帶著阿鸞來青州。誰知道臨行前卻診斷出有了身孕，懷孕時日還淺，怕馬車顛簸傷了腹中胎兒，只得留在廬州府城養胎。

送壽禮來的下人來報喜訊，崔氏雖然遺憾，卻又替她高興，虞崇三代單傳，前面生了阿鸞之後，與六娘都盼著能再生一個女兒，湊成一個「好」字。

孟夷光聽著鄭嬤嬤絮絮叨叨說著她們姊妹幼時趣事，不時附和兩句，靠在欄杆邊看著河裡涓涓流水，心情奇異的寧靜。

不遠處，傳來小娘子們打鬧嬉笑，嘰嘰喳喳的聲音。

孟夷光抬眼看去，崔七娘提著裙角跑在前，鵝蛋臉頰紅撲撲，跑到她面前不停喘氣，卻一刻不停，拉著她衣袖興奮地道：「九姊姊、九姊姊，我們快去看賀七郎，哎呀，妳不知道，他可好看了。」

崔敬與華氏連生了兩個兒子，多年以後才得了崔七娘這麼一個獨女，自是捧在手心，嬌寵著養大。她比孟夷光小半歲左右，迄今還未訂親，華氏不知幫她相看了多少戶人家，她都看不上眼。

孟夷光看著天真爛漫的表妹，不由得失笑。「我不去了，妳跑慢些，小心摔著。」跟在她身後的崔八娘，比崔七娘小一個月，是崔二與全氏的二女兒，生得與全氏極為相似，柳眉細眼，白皙秀氣。

崔八娘目光向暖閣方向看去，又在孟夷光身上轉了轉，眼裡閃過一絲疑惑之色，細聲細氣地道：「九姊姊，戲班子的戲唱完了嗎？」

孟夷光看著她，淡笑著道：「還沒有唱完，我聽了一半就未再聽。」

崔八娘愣了下，眼神又飄向暖閣的方向，咬了咬嘴唇道：「那九姊姊去聽戲吧。」

崔七娘卻等不及了，對著她不耐煩地道：「不是妳說賀七郎在前面暖閣裡的嗎？還在這裡問個不停，妳要不要去看啦？」說完招呼著身後交好的小娘子，嬌嬌燕燕捲起一陣香風，笑鬧著從孟夷光身邊跑過。

崔八娘對她歉意一笑，也低頭跟上去。

賀琮帶著兩個小廝，才從假山後轉過來，就與小娘子們狹路相逢。

崔七娘急忙止住腳步，羞得臉頰通紅，一瞬不瞬地看著他，慌亂得手足無措，見自己還提著裙子，忙放了手，拍了拍裙角，吶吶地喚道：「琮哥哥。」

「這是去哪兒跑得這麼急？」賀琮笑著問道，眼神掃過來，在孟夷光身上停留片刻，對她微微頷首。

崔八娘順著他的眼神看過去，在他與孟夷光身上轉了轉，眼裡疑惑更甚，譏誚一閃而過。

崔七娘的臉紅得快要滴血，一迭連聲道：「聽說你在河邊暖閣裡，我就想著來跟你打聲招呼。琮哥哥，你好厲害，一下就考中了舉人。我與八娘打賭，說你一定能考中，八娘也說你能考中，我們都賭你能考中，都沒有分出輸贏來。」

崔八娘飛快地瞄了一眼賀琮，眼波流轉，臉上浮現淡淡的紅暈，垂下頭不勝嬌羞，羞得似乎說不出話來。

賀琮看向孟夷光，笑嘆道：「妳三姑姑家可是滿門進士，在孟家娘子面前，舉人可拿不出手。」

崔七娘呆住，她轉頭看了一眼孟夷光，又看了看賀琮，堅定地道：「反正琮哥哥就是厲害，二叔考了好多年，連秀才都沒有考上，還是一個老童生。」

崔八娘的臉色變了變，眼裡怨毒不甘憤恨交織，她看向孟夷光，驚訝地問道：「九姊姊，妳才來青州，就與琮哥哥認識了？」

孟夷光似笑非笑，目光從賀琮臉上掠過，對崔八娘說道：「剛剛見過。」

崔八娘臉上的驚訝更甚，脫口而出道：「我還以為九姊姊才和離歸家，傷心不願意見外人。不過崔家與賀家是親戚，琮哥哥也不算是外人。」

孟夷光心裡輕嘆，小娘子自以為聰明掩飾得很好，畢竟年幼閱歷尚淺，心裡的小心思簡直昭然若揭，賀琮這樣的人精，又豈會看不出來？

孟夷光看在崔老太爺的分上，不想跟崔八娘計較，也不想讓人在旁邊看熱鬧，她不在意地淡然一笑，轉身朝戲臺方向走去。

賀琮見孟夷光離開，也隨口找了個託詞告辭離開。

崔七娘終於回過神，與小娘子們嘻嘻哈哈說個不停，笑著跑上前，追上孟夷光，緊緊挽著她的手臂，側頭不斷問道：「九姊姊，好看吧？琮哥哥可是青州最好看的郎君。」

孟夷光抿嘴笑，見她嬌憨動人，忍不住伸手點了點她的小鼻子，嚇唬她道：「小心大舅母聽到了，罵妳沒規矩。」

崔七娘眼珠子靈活一轉，咯咯笑個不停。「阿娘才捨不得罵我，再說怎麼就沒規矩了？我們兩家是世交，又不是在大街上追著看。」

崔八娘上前兩步，狀若好奇地問道：「九姊姊，聽說妳以前的夫君是傻子，三姑姑最疼愛妳，怎麼會捨得將妳嫁給一個傻子呢？」

原本嬉笑打鬧的小娘子們霎時都愣住，同情、嘲笑、看熱鬧種種眼神，齊齊看向孟夷光。

孟夷光神色不變，臉上仍然帶著若有若無的笑意，平靜地道：「他不是傻子，他是大梁的國師，國士無雙。皇上曾有令，敢議論我們的親事者，輕則發配，重則抄家滅族。」

原本看熱鬧的小娘子們霎時噤若寒蟬，聰明的人忙悄然離得遠了些。

崔七娘愣怔片刻回過神，怒瞪著崔八娘罵道：「妳才傻，妳一家子都傻。」

崔八娘的臉青紅一片，心裡怨毒更甚，淚眼婆娑，泫然欲泣，囁嚅著道：「府裡都傳遍了，說妳嫁了個傻子，還被休回家，在京城待不下去，才躲到青州來。」

孟夷光只淡漠地看了她一眼，拍了拍崔七娘的手，溫和地道：「七娘，領著小娘子們回去飲酒、聽戲，我想自己隨便逛逛。」

崔七娘對崔八娘不屑地冷哼一聲，與小娘子們手挽著手，一路上悄悄咬著耳朵，往花廳方向去了。留下崔八娘站在那裡，跟上去不是，留也不是，半晌後見孟夷光與小娘子們都已走得不見蹤影，才不甘離去。

一路上崔八娘越想越恨，明明都是崔老太爺的兒子，阿爹在府裡卻一直被打壓，二房在府裡也抬不起頭。

那個老妖婆看上去和藹慈祥，成日吃齋唸佛，卻心狠手辣，哪有絲毫嫡祖母的作派？

明明自己樣樣拔尖，崔七娘那個草包哪能比得上？可兩人議親時，她輪到的都是那些上不得檯面的窮酸小官之家。

現在來了個親外孫女，一個失婚婦人還不知羞恥，居然想去勾引冠絕青州的賀琮，真是從上到下都不要臉。

想到賀琮，崔八娘的臉頰又漸漸發燙，他皎潔如天上月，年紀輕輕就已經掌管賀家，自己一定要嫁給他，為二房爭一口氣，為哥哥、弟弟謀一個錦繡前程。

崔八娘輕撫著胸口，掩去眼裡的洶湧情緒，喚了聲貼身丫鬟。「我的髮絲、釵環可有亂？」

丫鬟上前仔細瞧了，說道：「都很妥貼。」

崔八娘挺直脊背，邁步往水榭邊走去。賀琮的娘在那裡聽戲，她一定不能在她面前失了禮數。

她轉過一座假山，咿咿呀呀的唱戲聲隱約可見，突然面前一黑，臉上挨了重重的一拳，天旋地轉間，只覺得腦子嗡嗡作響，劇痛讓她五官扭曲成一團，鼻子、嘴角鮮血直流。

她只嗚咽一聲，便軟軟倒了下去。

有人悄無聲息上前，將她與丫鬟扛起來，幾個躍身就不見蹤影。

第三十八章

孟夷光回到王老夫人身邊時，戲已經散場，女眷們也紛紛起身告辭，熱鬧忙碌了一天的崔府，總算漸漸安靜下來。

回到王老夫人的正院，洗漱之後在軟榻坐下來歇息，崔氏不停地看向孟夷光。

孟夷光無奈地笑了笑。「阿娘，沒有的事。」

崔氏眼神暗了暗，勉強笑道：「哎，妳外祖母與阿娘，都不忍心見妳孤單一個人。賀老太爺也操心賀琮的親事，兩人一說起便一拍即合，想著讓你們先見面，能看得上眼最好，要是看不上，也就歇了這份心思。」

王老夫人也頗覺遺憾，嘆道：「賀琮人品才學絕佳，天資聰穎，青州不知多少小娘子想嫁給他，他一個都看不上眼。最後被賀大逼急了，他乾脆跟著海船出了海，最後回來時又黑又瘦，聽說船走錯了方向，吃足了苦頭，一船貨物一件卻都不少回到了青州，也沒有見他喊過一聲累。從小就沒認真讀幾天書，卻在十二歲時就考中秀才，今年說去考舉人，關上門苦讀了幾個月，還真被他考中了。」

孟夷光抱著王老夫人胳膊，笑吟吟地道：「外祖母，這般的人中龍鳳，還是留給七娘吧！她可是妳的親孫女，妳不能這麼明顯的偏寵我呀。」
王老夫人沒好氣地斜睨她一眼，笑罵道：「妳少裝瘋賣傻，七娘那樣的，他能看得上？他要娶回去的是賀家的主母，不是一個祖宗。」
孟夷光暗自嘆氣，只怕崔家與賀家早已提起過崔七娘，只是對方看不上，可憐了她一片癡心。
王老夫人又跟崔氏說起兒女親事，孟夷光陪坐在旁聽得津津有味，不一會兒後，她又被崔老太爺請去他的院子。
「哼。」崔老太爺惱怒不已，手指了她半天又收了回去，頹然道：「妳跟一個棒槌計較什麼？將她揍成了豬頭，一個小娘子還怎麼出來見人？」
孟夷光訝然，笑問道：「這麼快就被發現了？我還打算，讓她至少在她院子的花叢裡躺上一晚呢。」
崔老太爺瞪著她道：「妳二舅舅、二舅母哭著來告狀，八娘說跟妳有口角，肯定是妳下了毒手，要我主持公道。」
孟夷光神情淡然。「京城裡議論我們親事的兩戶人家，都死了。」
崔老太爺倒回圈椅裡，長嘆道：「我就佩服妳祖父這一件事，孟家上下和睦，兄弟姊妹之間沒有這些糟心事。」

孟夷光對著他直笑。「外祖父，孟家後宅，只有正妻，從無小妾通房。」

崔老太爺神情訕訕，乾笑幾聲，咳了咳道：「妳去跟妳二舅舅、二舅母賠個不是，禮數做到就行了。」

「不。」孟夷光微笑著，拒絕得乾脆又俐落。

「妳！」崔老太爺一拍椅背，想要發怒，又想到她與他商量的那些手腕，只將崔八娘揍得爹娘都認不出來，已經便宜了她。

崔老太爺滿腔怒氣散去，無力地道：「罷了、罷了，妳回吧，見著妳頭疼。」

孟夷光起身屈膝施禮，笑吟吟地道：「那我先回去了，你也別生氣，自己家人教訓，總比被外人出手教訓好。」

不知崔老太爺是怎麼安撫的，崔二與全氏都沒有再鬧，全府上下好似無事發生。

用完晚飯不久，裴臨川又來敲窗櫺，鄭嬤嬤前去打開窗，他熟門熟路地跳進來，從懷裡掏出一根烏木簪，獻寶似的遞到她面前。「我做的，跟我頭上的一樣，送給妳。」

孟夷光接過來，見簪頭有兩個米粒般大小的字，她對著燈仔細看去，上面刻著「孟裴」二字，忍不住喃喃罵道：「傻子。」

裴臨川連聲問道：「好不好看？妳喜歡嗎？我用了空寂老和尚私藏的烏木，他很生氣，說要見妳。妳要見他嗎？妳不想去，我就幫妳推辭了，反正他也沒什麼本事，這麼久也未看出我忘記了何事。」

孟夷光愣了愣，空寂大師想見她，只怕是早已看出端倪，只是沒有說出來而已。她沈吟片刻，說道：「我外祖母也經常去四明山燒香拜佛，兩日後我會陪她前去，那時我再去拜訪大師。」

「好，妳想何時去便何時去，反正他閒得很。」裴臨川毫不在意，興高采烈說個不停。「四明山，妳有沒有去過？那裡我熟悉，我帶妳去遊玩……」

四明山離青州府城大約六十里左右，王老夫人已經差人前去安排妥當，準備在寺廟裡歇一晚再回府。

一大清早，馬車就從崔府出發，崔氏獨自坐一輛馬車，王老夫人叫住孟夷光。「小九跟我一起，路上陪著我說說話。」

馬車在護衛僕役的簇擁下，浩浩蕩蕩出城，官道寬敞平坦，馬車只輕微晃動。

車廂角落放著一只紅泥小爐，上面放著小巧精緻的銅壺，待水滾了，孟夷光提起來，泡杯滾燙的茶，放在王老夫人面前的几案上，笑道：「外祖母，外面天寒，喝杯熱茶正好。」

王老夫人拿起來連喝了幾口，神情欣慰。「沒承想還能喝到小九煮的茶，以前我想都不敢想，天高路遠，就算是親得不能再親的人，一輩子也難見上幾面。」

孟夷光又從匣裡拿出點心擺在几案上，笑道：「這次走過一回，已算是熟門熟路，以後我經常回來看妳，天天煮茶給妳喝。」

王老夫人笑得合不攏嘴，片刻後突然問道：「妳外祖父可有為難妳？」

孟夷光一愣，隨即搖了搖頭，笑道：「外祖父只是問了問，什麼都沒說便讓我回去了。外祖母，妳也知道啦？」

「妳當我七老八十啦？二房那一家子，這兩天那張臉跟死了親爹，能當家作主了，可又要在人前扮孝子，要裝作傷心。悲喜交加，像是患了失心瘋一樣，我看著都替他們累得慌。」

孟夷光忍俊不禁，王老夫人年輕時也潑辣，崔氏經常說，孟六娘的性子都是隨了她。

那時崔老太爺走南闖北，常年不在家，家裡上有常年臥病在床的婆婆，下有兩、三歲的崔敬離不得人，守著一份不算小的家產，她不厲害點也守不住。

「老頭子拉下老臉，去求大儒收他那才高八斗的二兒子為學生，那一房高興著呢，崔八娘挨打挨得值。」王老夫人仍舊面色平和，笑道：「他高中狀元，我還能做誥命夫人。」

孟夷光曾聽崔氏提起過，崔二的生母是崔老太爺一次外出行商時，救了一個窮秀才，那人無以為報，就把女兒嫁給他做平妻。

商人在外做買賣，哪能守得住寂寞，置辦外室，說好聽點稱作平妻，但是在稍微讀了幾本書的人家眼中，都要被鄙夷嘲笑，除了不守規矩的皇家，哪有人會這般不要臉。

窮秀才不要臉，上梁不正下梁歪，她女兒也青出於藍更勝於藍，仗著自己識得幾個字，回到青州時，居然真拿自己當作平妻，要與王老夫人平起平坐。

王老夫人二話不說，拿著一把刀衝到崔老太爺院子，「啪」一聲將刀拍到他面前，冷笑道：「我沒有讀過幾天書，也沒聽過能同時娶兩房妻子這樣的奇事。這些都且不去說，我這個人要臉面，這些年的辛苦我也不提，就當我瞎了眼，更不會鬧出去讓你沒臉，白白讓人看笑話。我與我兒斷不能活在這樣沒臉沒皮的家裡，你一刀殺了我，再把兒子給我送下來，也省得你左右為難。」

崔老太爺見她不是一時氣話，嚇得忙低聲下氣哄勸，好說歹說，又拿出大半家產，寫進她的陪嫁裡，才將她安撫下來。

平妻之事自然也不了了之，那個女人做了妾，嚶嚶哭泣好久，說是一心繫在崔老太爺身上，就是當妾也甘願。

她生得弱柳扶風，我見猶憐，一哭起來就是悍匪也能拋下屠刀立地成佛，崔老太爺雖然算是明事理，也擋不住這樣的溫柔攻勢。

王老夫人自從崔老太爺將人帶回來起，就對他冷了心，可想著自己嫁給他之後的辛苦，又有了自己的兒子，怎麼甘願將辛苦的一切拱手送人。痛哭了幾場之後，她看得很開，還大方地買了個清倌人，送給崔老太爺，讓她們兩個在後宅鬥得妳死我活，自己關起門來過自己的清淨日子。

崔二出生後，那個女人又開始鬧騰，不甘願自己的兒子是庶子，也不跟清倌人鬥了，跑來王老夫人面前挑釁。

王老夫人警告過她幾次，她卻仍然不收斂，在崔老太爺出遠門時，略施小技安了個罪名，叫來府裡所有下人一起看著，當場將她亂棍打死。從此以後，府裡眾人對王老夫人的懼怕，更甚於崔老太爺，清倌人更是嚇破了膽，窩在自己的院子裡連頭都不敢露。

可憐崔老太爺回府之後，自己心愛的小妾已化作累累白骨，他流了幾滴淚，也就作罷。

孟夷光想了想，問道：「外祖母，妳恨外祖父嗎？」

王老夫人愣住，似在回憶，片刻後道：「年輕時恨，恨不得將他千刀萬剮。可那時年景不好，天下不太平，他是家裡的頂梁柱，死了，我們孤兒寡母也活不下去，就讓他活了下來。幾十年過去，這些也都淡了。」她拍拍孟夷光的手，笑道：「我啊，就想好好活著，活得比他長。雖說冤有頭債有主，若那些人蹦躂得惹人厭，我的刀也還鋒利著呢。」

孟夷光對外祖母佩服得五體投地，她活得太過通透，拿得起放得下，亦不遷怒他人。不然以她的手腕，庶子小妾怎麼能活下來，她也不會一味忍讓，惹得她煩了，只會一刀斃命。

「妳外祖父，做生意頭腦靈光，全大梁也無幾人能與之相比，心中有溝壑。可在後宅家事上，給妳祖父提鞋都不配。當年與妳祖父議親，他狗屎糊了眼，還想將崔四娘許配給妳阿爹，我什麼都沒有說，只管隨他去。」王老夫人又笑起來，神情愉快至極。「妳祖父將他罵了個狗血淋頭，說他拿塊破臭布當黃金，什麼破爛貨都敢塞給妳阿爹，差點與他割袍斷交。」

崔四娘只比崔氏小一個月，在生母跟前長大，學了一身的狐媚手段。王老夫人不會去管，更不屑去苛刻打壓她。

崔老太爺被老神仙罵過之後，倒清醒許多，老老實實給她尋了個忠厚老實的小官之家，她嫁進去後，日子過得還算不錯，跟著夫君在任上，已經多年沒有回過娘家。

「小九啊，我已經罵過了妳阿娘。」王老夫人見她神色愕然，嗔怪地道：「妳瞧瞧妳這是什麼眼神，妳阿娘做得不好，我還不能罵了嗎？」

孟夷光十分不解，吶吶問道：「阿娘怎麼了？」

「當年我可是這樣待她的？雖說該教的持家理事沒少教，可哪樣不是依著她的性子？女人一輩子不易，也就在娘家時能過幾天順心日子。她卻將妳養成心如古井的老太婆，十多歲已是三、四十歲的心氣，這日子過得還有什麼滋味？」

孟夷光尷尬至極，崔氏可是遭受無妄之災，她乾笑道：「外祖母，阿娘也一直寵著我，性情乃是天生，想改也改不了。」

「妳瞧瞧七娘，雖說賀家看不上她，可她這一輩子吃穿不愁，也不會差到哪裡去。就算以後會失望傷心，這世上又哪有十全十美之事，難道懂事就不會遇到這些糟心事了？

「妳就是太過懂事，妳的親事我且不提，那是皇帝老兒賜下，妳也不能抗旨不遵。聽說那個國師長得比花還好看，妳念念不忘也是正理，誰不喜歡花啊草的，可妳總不能只盯著一朵花瞧。賀琮這朵花不香？大梁還有那麼多花，妳就不想再多看幾朵？退一萬步說，妳一心掉進國師那朵花裡，妳就不能想著怎麼將他摘到手？」

孟夷光睜大眼，片刻後哈哈大笑，老人家真是有趣又睿智，她就是拍馬也趕不上。

她拭去眼角笑出來的淚，認真地道：「外祖母，我試著努力，去摘那朵最香、最好看的花兒。」

王老夫人也笑起來，頻頻點頭道：「這才像話，總算有了點小娘子的模樣。」

第三十九章

祖孫倆一路說說笑笑，四明山已近在眼前，道旁的草叢裡，嗖地竄出三個人，緊緊綴在馬車後。

老胡嚇了一大跳，手都已經摸在刀鞘上，待看清楚時，又放下手。

唉，這幾人真是……一個國師怎麼淨做些土匪賊子的事？

到了山腳下，王老夫人與孟夷光下馬車換軟轎上山，裴臨川眼含笑意，默默地跟在身後。

孟夷光盯著他頭上那根隨著他走動，顫巍巍晃動的枯草，忍不住撇頭。

他哪裡像朵花了？明明就是根難看的狗尾巴草！

到了寺廟門口，王老夫人從軟轎下來，見著跟在孟夷光身邊打轉的裴臨川，瞪大眼睛連看了好幾眼，見知客僧已迎上來，忙移開視線，笑著與他見禮。

寒暄之後，又定了講經時辰，一行人進去客院，王老夫人獨居一院，崔氏與孟夷光住一院。

原本她們都安排單獨的院落，只是崔氏不放心，堅決要與她住一起。

一進屋子，崔氏就惱怒地道：「妳瞧他那傻樣，眼巴巴跟在妳身後，就算這裡是女眷住的院落，我看他也巴不得一起住進來。」

孟夷光賠笑道：「阿娘，妳又不是不知他的性情，跟他置什麼氣呀，待我見著了再罵他，幫妳出出氣。」

崔氏想想也是，頓時洩氣，沒好氣地道：「他怎麼也來了這裡，難道妳告訴他我們要來禮佛？」

孟夷光想著他一直在尋找的東西，情緒頓時低落下來，悶悶地道：「他一直住在廟中。」

崔氏後悔自己太過嚴厲，心疼起她來，忙道：「小九妳別難過，都是阿娘亂發脾氣，他來又不關妳的事。快坐下歇息一會兒，等會兒吃廟裡的素齋，以前這裡的齋飯遠近聞名，不知這麼些年有沒有變。」

孟夷光見崔氏自責，又打起精神安慰她。「阿娘，我沒有難過，只是早上起得早，有些累了。」她撫了撫肚子，笑道：「妳不說齋飯還好，一說起我還真餓了。」

「那我們先去妳外祖母的院子裡，陪著她一起用飯。」崔氏說完站起身，與孟夷光一同到王老夫人的院子裡。

嬤嬤已經提來齋飯，白菜、豆腐、素雞，再加一碗白米飯，簡單的飯食，清淡適宜可口，孟夷光不知不覺吃光一碗米飯，菜也吃得乾乾淨淨。

漱口之後，又喝了幾口茶，王老夫人揮手斥退下人，盯著孟夷光笑道：「先前那人可就是國師？」

孟夷光點點頭。「正是他。」

「我就說，青州何時有這般俊俏後生，原來是國師到了此地。」王老夫人笑起來，嘖嘖道：「長得真好看，人說牡丹天姿國色，他這般顏色，比府裡的魏紫姚黃還要美上數倍。」

崔氏哭笑不得，埋怨道：「阿娘，看人哪能只顧著臉的美醜？」

王老夫人斜睨著她，嘲諷道：「當年是誰在出嫁前一直惴惴不安，夜裡連覺都睡得不安生，生怕孟三郎長得醜？再說了，人長得美醜只要不瞎，可是一眼都能看出來；而人心美醜，就算妳眼睛放得再亮，不到蓋棺論定時，誰都看不清楚。」

崔氏被噎得半死，氣得別過臉不語。

王老夫人不去理她，又問道：「他來這裡，可是為了妳而來？」

孟夷光心裡暗自嘆氣，斟酌著說道：「他來尋空寂大師。外祖母，空寂大師要見我，等會兒在菩薩面前磕完頭，我就不陪妳聽經了，不敢讓大師等。」

王老夫人聽說空寂大師要見她，又驚又喜，一迭連聲道：「空寂大師也在廟裡？我每年都來無數次，捐了不知多少香火銀子，卻從未能見上一面。哎喲，還是我們小九有緣法，一個大錢不用花就能見到大師。」

孟夷光抿嘴笑，心裡卻忐忑不安，不知空寂大師見她，究竟是好還是壞。

喝完茶略微歇息，三人前去大殿磕頭上完香，孟夷光走出殿門，裴臨川早等在那裡，她與崔氏她們打了聲招呼，便朝他走去。

「總算能跟妳說說話。」裴臨川眼角眉梢都是喜悅，不停側頭看她。「妳用過飯沒有？廟裡的飯食難以下嚥，空寂老和尚卻不肯承認，說廟裡的齋飯出了名的可口，外人想吃還吃不上，花了大錢做出來的，一定不會難吃。」

孟夷光跟著他轉過大殿，沿著牆腳往後面走去，聽他說個不停，瞪著他道：「你怎地這麼多廢話？」

裴臨川一愣，垂眸沈思一瞬，委屈地道：「我只跟妳說話，連空寂老和尚都不大理會。」

孟夷光扶額，見他穿過一道小門，往後山方向走去，問道：「我們這是去見空寂大師？」

「不去見他，我說過要帶妳去遊玩。四明山後山景色最美，空寂老和尚小氣，一直關著不讓人進來。」裴臨川負手，偏頭看著她得意的笑。「我能進來。」

孟夷光失笑，他也跟著笑，向旁一指。「我就住在那裡。」

她順著他的手指看過去，那邊古樹參天，院落掩映其中，只露出一小角廊簷。

「只要起風就松濤陣陣，吵得人睡不著覺。」裴臨川滿腹牢騷，抱怨道：「這裡不要銀子，客棧要銀子。」

孟夷光愣住，四明山離府城六十多里，早上她從崔府出來，到山頂已近午時。

裴臨川早上從四明山趕到府城，晚上他離開崔府時城門已關，難道他在府城時為了省銀子，不去住客棧卻露宿街頭？

孟夷光忍不住問道：「你在府城時晚上住在何處？」

「睡在馬車裡。」裴臨川面色平靜，根本不覺得有何不妥。「我要存銀子，存很多很多銀子。」

孟夷光眼眶漸漸泛紅，她倉皇轉過頭，努力平息著心裡的難過，顫著嗓音道：「你不要再來府城找我，晚上那麼冷，怎麼能睡在外面，小心凍出病來。」

裴臨川神情疑惑，轉到她面前仔細覷著她的神色，遲疑地道：「妳這是在關心我嗎？」

孟夷光靜默片刻，終是答道：「是。」

笑意與喜悅一點一點爬上他的臉，他笑出聲，輕快地道：「我很開心，因為我也會關心妳。」

孟夷光垂下眼簾，叮囑道：「那你記得了，不要再來。」

「不行。」裴臨川拒絕得同樣乾脆俐落。「我不怕冷。」

孟夷光想生氣，氣到一半，見著他清澈透明的眼眸，就再也氣不下去，無奈地道：「我讓人在離崔府近一些的地方，給你們尋個客棧，晚了就住在那裡。」

裴臨川考慮片刻，答應下來。「這樣妳就不會再擔心。」他掏出一個黃玉印章，遞到她面前。「這個送給妳，交換。」

孟夷光接過來，看著印章底部，又無語至極。

他居然拿自己的私印來交換，要是被皇帝知道，自己的腦袋估計又要保不住。

她將印章遞到他面前，見他不接，乾脆握住他的手，強行塞在他手裡。

「用木簪換已足夠。」

裴臨川這才又開心起來，笑道：「空寂老和尚還有烏木，我再去拿了多做幾支給妳。」

孟夷光惆悵不已，空寂大師只怕是要罵死自己了。

兩人沿著山林穿梭，漫山霧氣蒸騰，裴臨川一路不停地問：「妳冷不冷？地上濕滑，要不要我揹妳？妳累不累……」

孟夷光只得不厭其煩地回答他，不然他會一直問個不停，一路問答到一座緩坡前，坡上白霧瀰漫，像是瑤池仙境。

「青石道上滑，來，牽著我的手。」裴臨川伸出手，卻被她側身躲開。

孟夷光提著裙子道：「我自己能走。」

走沒幾步，她腳底一滑，差點跌下摔倒，幸得他眼疾手快攬住她。

他乾脆沒有放手，幾縱幾躍，將她挾在腋下帶上山頂。

他撫摸著自己怦怦的心跳，喃喃道：「為什麼這裡跳這麼快？」

孟夷光理著垂下來的髮絲，又羞又怒，耳根都紅透，轉過身佯裝四下打量。

山頂建了一座石亭，遠處是一望無垠的大海，亭子的欄杆外，萬丈懸崖筆直垂落，底下海浪翻滾，驚濤拍岸。

她看著巨浪越捲越高，怒吼著衝上崖壁，退下去又再衝上來，波濤洶湧，心裡悸動莫名，又豪情萬丈。

裴臨川慢慢靠近她，與她並肩站立，將她的手握在手心裡，輕聲道：「是不是想乘風歸去？我也想。」

孟夷光輕輕嗯了一聲。

他的手心帶著薄繭，緊緊牽住她的手，轉頭看著她，眼裡暗流湧動。

「我想與妳一起乘風歸去。」

孟夷光眼睛漸漸迷茫，靜靜矗立，注視著波瀾壯闊的海面。

第四十章

兩人沈默之時，一道洪亮的聲音傳來。「你們不冷嗎？」

孟夷光忙掙脫他的手，回頭看去，一個胖乎乎的和尚，站在亭子口，笑容滿面看著他們。

裴臨川惱怒至極，生氣地道：「他就是空寂老和尚，討厭得很。」

孟夷光上前屈膝見禮，空寂大師笑咪咪抬手，戲謔道：「這裡太冷啦，阿川不懂憐惜小娘子，也不懂享受，小娘子真是好涵養。」

幾個小沙彌抬著箱籠，沈默不語魚貫上前，手腳麻利地在亭子四角掛上細簾，角落的炭盆裡盛滿銀霜炭，紅泥小爐生火煮水，很快亭子裡漸漸溫暖如春。

小沙彌又垂手悄無聲息退下，空寂大師鬆了口氣，愜意地道：「這才是烹茶說話的好地方，小娘子妳坐。阿川你離遠些，我們聰明人說話，你聽不懂。」

裴臨川沈下臉，生氣要罵，孟夷光知道空寂大師有話要對她說，忍著心裡的忐忑不安，看著他，溫聲道：「你且先回去，我跟大師說說話，就來找你。」

他的臉色瞬間和緩，柔聲道：「好，那我去下面等妳。」

空寂大師看著他，嘴裡嘖嘖有聲，神色鄙夷至極。「喲，這臉變得可真夠快，白瞎了我的烏木。」

裴臨川臉又一黑，冷冷斜睨他一眼，轉身掀簾走出去。

空寂大師提起銅壺，沖水洗茶泡茶，胖胖的手若飛花行雲流水，將茶放在她面前，笑道：「這裡山勢陡峭，以前有讀了幾本書不得志的酸書生，最喜歡在這裡喝酒。喝醉了就狼嚎，一不小心就跌落山崖葬身海底。我嫌吵，乾脆封了道門，不讓人進來。」

孟夷光雙手捧起茶杯喝了一小口，茶水澀中帶著回甘，正是一兩要一片金葉子的小君眉，崔老太爺都捨不得喝。

她將杯裡的茶喝完，笑道：「大師慈悲。」

「哈哈，我只是再尋常不過的和尚而已，當不得大師的稱號。」空寂大師喝了一口茶，眉頭一皺，嫌棄地道：「這茶吹噓得太過，口味不過如此。」

他將茶杯、茶壺推到一旁，拍開酒罈的泥封，將酒倒進壺裡，又從食盒裡取出一小撮薑絲放進去，待酒微沸騰，提起酒壺倒了兩杯，笑著遞給她。「還是喝酒好，既養身又能長命百歲。」

孟夷光笑著接過來，香雪酒醇香撲鼻，她抿了一小口，稱讚道：「大師真會享受。」

空寂大師對她了然一笑。「佛在心裡，我比不得阿川與他那先生，他們是做大事之人，我只能安守一隅，讓四明山上眾僧能吃飽穿暖，就是功德無量。」

四明山香火鼎盛，青州城裡的信眾不知捐了多少香火銀子，整座四明山都是廟裡私產，論起青州富戶，空寂大師堪稱數一數二。

她微笑道：「外祖母曾說，她這麼多年來，年年上山拜佛燒頭香，一心想見大師一面，卻都未能如願。」

空寂大師對她眨眨眼，笑嘻嘻地道：「就算是花樓行首，也不是想見就能見到，見多了也就沒有神秘感，怎麼對得起我不出世大師的稱號。」

孟夷光抿嘴笑，空寂大師要真是如此，裴臨川也不會來尋他。

「我見過阿川幾次，他跟在他那個先生身邊，一個傻教出一個呆，明明兩個肉身凡胎，偏偏以拯救天下為己任。看著他們，我實在是慚愧，就一心守著這座山頭，沒有再出山過，直到他找來，說要尋找丟失的過往。妳說，他是不是呆子，丟了銀子都難找回來，何況是這樣虛無縹緲的東西？再說丟了就丟了，他不是活得好好的嗎？為何想不開自尋死路？」

空寂大師拿酒當水喝，幾乎喝下小半罈，她才喝完一杯。

他一邊說，一邊給她倒上酒，勸道：「小娘子遠道而來，難得難得，妳多喝幾杯。」

孟夷光聽到他說自尋死路，耳朵裡嗡嗡作響，後背被冷汗濕透，臉色慘白，吶吶問道：「大師，會死嗎？」

空寂大師放下酒杯，抓了幾顆蠶豆扔進嘴裡，慢慢嚼著，蹺著二郎腿晃來晃去，驀地笑起來。

「小娘子，妳瞧妳這話，是人都會死，又不是神仙，能長生不老。咦，這句話不對，孟家九娘可是早夭之命，妳不是還好好活著嗎？難道妳真是天上的神仙？是神仙的話就好說，那樣妳不會死，阿川不是神仙，肯定跑不掉。」

孟夷光卻笑不出來，哀傷地看著他，聲音有些發顫。「大師，我聽不明白，誰會死？」

空寂大師臉上的笑意退去，深深嘆了一口氣，自嘲地笑了笑。

「這是天命，他先生算過，皇上是天命所歸，太子是天命所歸，阿川也是天命所歸，所有人都是天命所歸。阿川抗爭過，結果，妳也瞧見了。」

孟夷光像是被一盆冰水兜頭澆下，渾身冰冷。

她殫精竭慮，費盡心血，步步為營地算計安排，最終都爭不過一個命字嗎？

山頂風大，吹得簾子鼓起來，獵獵作響。空寂大師站起來揭開細簾，風呼嘯著捲進來，尖聲嘯叫，像是人在嗚咽長哭。

「皇帝率兵攻打青州府，青州知州蔣游不戰而降，下令開了城門。皇帝沒費一兵一卒，占領青州，城裡百姓毫髮無傷。」空寂大師頓了下，神色悵然。「蔣游與我痛飲一場後，從這裡跳下去。他不能負民，也無顏再見君。蔣游死後，她妻子領著兒子、女兒回老家，後來他的女兒被皇上下旨賜給太子做良妾。蔣妻接到聖旨之後，當晚蔣家起火，全家葬身火海，燒得乾乾淨淨。」

孟夷光神情淒涼，這哪是什麼恩寵，這是將蔣游挖出來鞭屍。

空寂大師扣上細簾，將風擋在外面，亭子裡又恢復安靜。他走到石凳坐下，提壺倒酒，聲音平平。

「皇上認為這一切是天命所歸，他信天命，想要他的帝王之位千秋萬代。別說是阿川，就算是他親娘，動了他的帝王基業，他也會毫不猶豫殺掉。」

空寂大師抬起眼看著她，眼中精光四射，微笑道：「妳怕不怕？與天命抗爭，妳怕不怕？」

孟夷光怔怔流下淚來。

空寂大師握著杯子，愣怔片刻又放下，嘆息道：「妳去吧。」

孟夷光起身走到亭子門口，又停住腳步回轉身，脊背挺得筆直，靜靜地道：「我不怕，亦不會熱血衝動逞一時之勇。如真有天命，我不該在此處。」

「阿彌陀佛。」空寂大師神色肅然，躬身雙手合十，低誦佛號。

第四十一章

孟夷光掀開簾子走出去，冷風撲面而來。

裴臨川站在下面，一動不動朝山上看，見到她的身影，頓時邁開腳步朝她飛奔而來。

她胡亂抹去臉上的淚水，提起裙子小心翼翼地下山，她能安穩走下幾級臺階，他也能少跑幾步，少為她擔心。

「怎這麼久？妳冷不冷，小心些，我牽著妳下去。」裴臨川一開始有些抱怨，很快地又被見到她的喜悅沖淡，他牽起她的手，垂眼看著他們緊緊牽在一起的手，解釋道：「妳的手冷。」

孟夷光用力抽回自己的手，他的眼神霎時黯淡下來，她拚盡全力壓抑住心裡的悲傷，淡淡地道：「這樣不合規矩。裴臨川，我們不能這樣。」

像是在說給他聽，也像是在說給自己聽，這條路太艱辛，路上會血流成河，她亦不知道歸路。

他太過單純，喜怒哀樂皆寫在臉上，無法掩飾也無法隱藏，她不能將他置於險境中。

她提著裙子踩著青石地面，穩穩地一步一步往下挪，不斷地說：「我自己能走，你不能隨意牽小娘子的手，也不能闖進小娘子的閨房裡。你是國師，該一心一意、心無旁騖為百姓謀福祉。」

裴臨川臉色慘白，一瞬不瞬地看著她走下山，猛地回頭看向亭子。空寂大師站在那裡，神色平靜雙手合十，閉著眼睛嘴裡唸唸有詞。

風越來越大，帶著淡淡的鹹濕腥味，吹得他的心一點一點冷寂如冰。

他轉回僵直的頭，驀然暴起躍下，追上孟夷光，擋在她面前，雙目通紅，不斷喘著粗氣，一字一頓道：「孟九娘，我心悅妳，我想娶妳為妻，妳是否願意？」

孟夷光微仰著頭，心中酸楚痛意翻滾，她忍住眼裡的淚，顫抖著嘴唇，什麼話都說不出口。

「妳為什麼會哭？我不傻，我以前要找的人是不是妳？為什麼妳見到空寂老和尚，突然就似變了一個人？」裴臨川腦子漸漸清明，回想著自己這些時日的一舉一動，說道：「我只聽從自己的心，以前我的心如何，現在亦會如何，所以那個人，從頭到尾都是妳。其他小娘子，我從來不會多看一眼，唯有妳，我會因為妳心生喜悅，妳笑我會開心，妳哭我會難過。」

他走上前，修長的手指撫上她的臉，低聲道：「我雖不懂世俗規矩，可我能感知到對方的心。妳阿娘心善，妳阿爹也不是真正厭棄我，鄭嬤嬤見我受傷，眼裡的擔憂傷心一點都作不得假。你們早就與我熟悉，為何又要裝作與我毫無關係？我們以前究竟發生了何事？」

孟夷光臉色慘白如紙，偏過頭啞聲道：「裴臨川，你不要問了。」她略頓了頓，鼓起所有的勇氣，看著他道：「我們三年為期，你什麼都不要管，也不要來找我，三年後，我們再議親事，好不好？」

裴臨川手落在半空中，垂下手看著她道：「孟九娘，不行啊，妳是在騙我，我很不喜歡這樣的妳，我討厭妳。」

他轉過身向林子外走，腳步漸漸越來越快，他跑動飛奔起來，很快不見蹤影。

孟夷光看著他消失的背影，失魂落魄地挪動著腳步回客院，一個小沙彌從林子裡閃出來，雙手合十在前，領著她走出那道門，又默不作聲退下去。

門裡門外像是不同世界，鐘聲渾厚悠長，伴著香火氣與誦經聲，在周圍迴盪。

孟夷光站在大殿前，呆呆地看著面容慈悲的菩薩，抬起僵硬的腿走上前，跪下來匍匐在地，許久才直起身，恭敬無比地磕了幾個頭。

「九娘這是在祈求何事？」一道好奇的聲音在她身邊響起。

孟夷光愣愣地偏頭看過去，賀琮正負手彎腰，毫不掩飾地打量著她。

「這樣虔誠的磕頭，大多都是有重事相求。」他笑著解釋。

孟夷光回轉頭，站起身沈默不語往外走。

賀琮追上她，笑道：「上次都是我的錯，我不該挑起事端，後來想一想挺後悔，都是我祖父心急我的親事，倒把氣撒在妳身上。」

他見孟夷光仍然一言不發，毫不在意地繼續說道：「聽說崔八娘被揍成豬頭，是妳動的手吧？想不到妳看起來溫婉，真是人不可貌相，這麼乾脆俐落，我聽了之後當即就為妳鼓掌叫好。」

孟夷光看了他一眼，眼神冷漠。

「不是我要故意打探，是全氏，就是妳二舅母，託人七彎八繞，將這個消息傳到我阿娘耳裡，說妳不但心狠手辣，還不守婦道，說有下人見著晚上有野男人進出妳的院子，大概是想敗壞妳的名聲。又說妳二舅舅拜了大儒為師，想與我討論學問。哈哈哈，他有沒有學問，我不敢判定，我可是沒有什麼學問，不過苦讀死讀，都快沒了半條命才中舉。」

她停下腳步，問道：「你究竟想說什麼？」

賀琮神色坦然，誠懇道：「就是想賠個不是，讓妳知曉來龍去脈。我從來不跟小娘子過不去，當時我是一時糊塗，興許見到長得好看的小娘子就亂了陣腳，下了一招臭棋。」

「好，我知道了。」孟夷光聽完，腳步不停又向前走。

賀琮愣了下，揚聲問道：「哎，孟九娘，妳為什麼那麼傷心啊？」

孟夷光頓了下，頭也不回繼續走。

賀琮撓撓下巴，摸著臉，自言自語道：「真是見了鬼，這張臉居然一點都派不上用場，難道變醜了？」

孟夷光回到客院，崔氏陪著王老夫人還在聽講經。

鄭嬤嬤迎上來，見到她的臉色嚇了一大跳，忙喚人打來熱水，伺候她洗漱完，才憂心地道：「九娘，妳這是……」

「我沒事，山上風大，吹了些冷風。」孟夷光神色平和，吩咐道：「嬤嬤，派老胡回去，斷全氏一條腿。」

不管賀琮有何居心，他卻不會故意誣陷全氏，她還不配。

裴臨川不是野男人，是她願意用命去守護的人。

賀琮這樣聰明，必然會四下打聽，裴臨川對她緊追不放的消息傳到皇上面前，對他或是自己，都不是好事。

想到他離去時傷痛的眼神，她垂下頭，努力掩去心裡蔓延的痛意。

鄭嬤嬤駭然，卻不敢問，將暖手爐塞在她手裡，才出去找老胡傳話。

王老夫人與崔氏聽經回來，詢問孟夷光見空寂大師之事，她打起精神隨口編了幾句，不過是些尋常問話搪塞過去。

在山上住一晚之後，第二天用完早飯，一行人下山啟程回崔府。

在二門處下馬車，崔老太爺就派人將孟夷光叫過去，一進門就見他怒容滿面，沈聲道：「孟小九，妳莫太過張狂，她可是妳二舅母！」

孟夷光面色平靜，說道：「我見了空寂大師。」

崔老太爺一愣，說道：「發生了何事？」

孟夷光掩去自己與裴臨川之間的事，將與空寂大師的話，原原本本一字不漏地說了，崔老太爺越聽面色越沈重。

她問道：「外祖父，你的商隊還要經北疆去北戊嗎？」

崔老太爺怔怔出神，片刻後慘笑道：「與人鬥，還要與天鬥。我為什麼不進京？因為進京後，崔家這些積累的家產，只怕保不住。離得遠一些，還能苟活幾日，銀子太過惹眼，藏都藏不住，現在也只不過暫時屬於崔家，賀家又何嘗不是如此。」

青州靠海，自古是富裕之地，這裡的商稅加了一層又一層，皇上下了死力，要將這裡的賦稅拿去補貼國庫，可是收上去的稅，還不如直接抄幾家來得多。

崔老太爺猛地一拍案桌，神情堅定。「怕個屁，爭了是死，不爭也是死，還不如痛快來一場！」

孟夷光笑了笑，淡淡地道：「外祖父，內不穩，何來外？二舅舅是不是讀書那塊料，你比誰都明白，他已是快做祖父之人，還這般不知天高地厚，待你百年之後，他又當如何自處？」

崔老太爺默然半晌，臉上浮起一絲傷痛之色，嘆息道：「當年我沒有護住他阿娘，讓他從小失母，所以不免多寵著他一些。」

「他的嫡母是外祖母，又何來失母之說？外祖父，誰是誰非，你心如明鏡，肯定比我明白。男人女人，人心都是肉長的，男人心裡怎樣想，女人亦怎樣想。長輩的事，我沒有資格多嘴，可我祖父之事，你也清楚。青州這一房，迄今無法翻身，你想以後二舅舅也落得如此下場嗎？」

崔老太爺跌坐在軟榻裡，雙肩垮下去，像是一下子老了幾歲，閉上眼揮揮手。「唉，這些我早就想到過了。妳回去吧，我自己一個人待一會兒。」

孟夷光屈膝施禮退下，走到院子門口，就見到崔二淚流滿面奔過來，一路跑，一路哭喊道：「阿爹啊，不好啦，八娘見她阿娘受辱，不想活了，要去尋……」

崔二見到孟夷光站在那裡，嘴裡的「死」字吞了回去，勃然變色，顧不得糊了一臉的淚，眼裡凶光畢現，抬手狠狠朝她揮來，咬牙切齒咒罵。

「賤人，都是妳這個沒人要的喪門星，害了我一家，老子今天要妳的命！」

一隻手快如閃電伸過來，抓住崔二的胳膊一揮，「砰」一聲，他像塊爛泥砸到牆上，半晌後才滑下來，一頭一臉的血，躺在牆角直抽搐。

第四十二章

院子門口人仰馬翻。

崔老太爺聽到外面的哭喊聲，匆匆趕出來。

護衛架著滿臉鮮血的崔二往外拖，小廝嚇得面無人色，手忙腳亂地跟在後面不知如何是好。

崔老太爺一眼掃去，正要發怒，見角落裡立著一個年輕男子，面無表情，渾身上下散發著無盡的冷意，正一瞬不瞬地盯著他前面的嬌小背影。原本到嗓子邊的訓斥，瞬間連著唾沫嚥了回去。

畫像只畫出國師萬分之一的顏色，如今他活生生站在這裡，像是他在大漠上見過的海市蜃樓，美得詭異又令人懼怕。

崔老太爺愣怔過後，又心生不滿，這裡是崔府，他就算貴為國師，也不能把這裡當作他府裡的園子，隨意進出閒逛。

他嘴唇動了動正要說話，只聽見國師開了口，聲音清越冰冷。「孟九娘。」

孟夷光身邊本來有護衛，崔二那軟鼻涕蟲怎麼傷得了她？裴臨川出手，讓崔二看上去像是受了很重的傷，不過只是鼻子、嘴角流了一些血，這樣反而惹崔老太爺心痛。要是換作老胡，她一個眼神，就知道要出手打斷崔二的腿，省得他一大把年紀，還哭鬧著要找阿爹告狀撐腰。

再說，他不是討厭自己嗎，怎麼又跟來崔府？

所有的委屈、酸楚、難過如潮水般翻滾，讓她眼眶泛紅，理智盡失。

孟夷光猛回頭瞪著他，生氣地道：「做什麼？」

裴臨川上前一步，又忙退回去，從懷裡拿出個荷包遞給她。「這個，我說了要送妳，就算討厭也要送妳。」

孟夷光雙眼通紅，眼眸裡霧氣濛濛，強扭開頭道：「不要。」

裴臨川愣住，垂頭看著手上的荷包，猶豫著不知是遞上前還是收回去，片刻，放軟聲音道：「我不是真討厭妳。」

崔老太爺視線在兩人身上掃來掃去，神情怪異，此時，咳了一聲，說道：「小九，這裡不是說話之處，進屋去吧。」

孟夷光斜睨裴臨川一眼，轉身快步往屋子裡走。他頓了下，抬腿默默跟上。崔老太爺負手望了望天，走在最後。

老僕上完茶悄然退下，屋子裡只剩三人。

裴臨川在軟榻上正襟危坐，面無表情。

崔老太爺坐在對面左首的圈椅上，耷拉著眼皮垂頭喝茶。

孟夷光坐在右首，垂眸沈思，像是三足鼎立，皆不出聲，氣氛詭異。

崔老太爺喝完一杯茶，放下杯子頷首道：「國師大駕光臨，這是崔府的榮幸。前有國師獻計借糧，如今更不知我兒何處招惹到你，讓你痛下殺手？」

裴臨川看了他一眼，漠然道：「我沒有殺他，只是打傷了他。徐侯爺說，你家裡糧倉裡面不是糧食，都是金銀財寶，不如直接搶了作數，皇上很心動。」

崔老太爺愕然萬分，臉色煞白，裴臨川提出借糧，如果他拒絕或者稍加阻攔，崔府上下只怕已不復存在。

他額角冷汗直冒，後怕不已，忙叉手施禮。「多謝國師救命之恩。」

裴臨川只漠然看了他一眼，冷聲道：「你出去，我要跟她說話，你在，不合規矩。」

崔老太爺無語。

他四下張望，這裡還是自己的書房，自己也沒有走錯地方啊。

孟夷光快被他氣笑了，嬌叱道：「你閉嘴！」

裴臨川神情疑惑，看著她，不解地道：「不是妳說要講規矩的嗎？」

這是哪門子的規矩？

崔老太爺無語至極，撐著扶手站起來，往外走道：「好好好，我出去，你們好好說話。」

待見到崔老爺子走遠之後，裴臨川才看著她，認真地道：「我問過空寂老和尚，他說一切都是天意。這不是天意，因為妳是妳，我是我。我走過很多路，遇過很多人，念念不忘的，唯有那間破廟，京城到青州的這一段路，只因路上有妳。」

孟夷光的臉頰漸漸發燙，心像是浸泡在溫水裡，蕩漾起伏。

「先前我說討厭妳，有些不對，因為我的心很亂，無法真正看清自己的內心。」裴臨川神情孤寂又落寞，聲音低下來，悲戚地道：「我已不是先前的我，我有些惶恐，但從不後悔。空寂老和尚說，是我不夠好，更不該強人所難，我只顧著心悅妳，是我的錯。」

孟夷光只覺得心在墜落，一寸寸變灰，冷寂。

裴臨川靜默片刻，將荷包放在几案上，站起來說道：「我曾經說過要再送妳烏木簪，連夜做了幾支，都放在荷包裡。孟九娘，以後我會變得更好。天高地闊，就此別過。」

他又手深深施禮，沒有再停留，轉身大步頭也不回離去。

良久過後崔老太爺走進屋子，看著孟夷光一動不動坐在圈椅裡，眼神空洞，呆呆望著几案上的荷包，他深嘆了口氣，問道：「他走了？」

「啊？」孟夷光彷彿從夢中驚醒，呆滯片刻才回過神，低低地道：「走了。」

崔老太爺在軟榻坐下來，溫和地道：「走了就走了吧！唉，走了也好，走了也好。小九，妳祖父來了信，說是已定下明年春闈，太子協理趙王。」

孟夷光深深呼出口氣，將心裡所有混亂的思緒拋開，說道：「外祖父，你再跟我說說魏王。」

崔老太爺眼睛精光一閃，神情滿意又欣慰，這個外孫女性情溫婉，卻頗有大將之風，喜怒不形於色，遇正事時，哪怕天塌下來，也能鎮定自若。

他斟酌了下說道：「這些年我上了年歲，只親自去過一趟北疆。自古以來那裡就是苦寒之地，比不得青州富裕。可北疆城裡，卻比青州府城還要熱鬧幾分，秩序井然，商貿繁榮。就是進城時，檢查嚴苛一些，城門都是魏王親兵親自鎮守。」

魏王年約二十五、六，生母是一個清倌人，在生下他不久之後就去世了，在他封王之後，被追封貴妃。

魏王妃來自尋常武官之家，生有一子一女，在京城時極少見她出門。孟夷光只在宮宴時遠遠地見過她一面，五官普通尋常，逢人先露三分笑，看上去溫婉又隨和。比起太子妃與其他幾個王妃，她如隱形人一樣低調。

北疆城門防著的，只怕不僅僅是外地入侵，還有京城一些人。

「魏王治軍嚴謹，上下紀律分明，我曾經費盡心思，才與一個伍長搭上線，窺得軍中一二。」

崔老太爺喝了口茶，放下茶杯湊上前，嘴角帶著志得意滿的笑。「有這樣的大軍在手，太子就算登基也睡不著。」

「前朝與北戎打過仗之後，關閉了關外的榷場，我在京城時，曾聽說王相提議重開榷場。」孟夷光想起老神仙的話，微微一笑。「蘇相極力阻止，說北戎是餵不飽的狼，這些狼崽子一旦養大，又會舉兵來犯。」

「嘖嘖。」崔老太爺搖搖頭，笑道：「孟老兒肯定是不屑一顧，蘇相是讀書人，恁地天真，北戎人不管餵不餵飽，都眼饞著大梁肥沃的疆土。邊疆大仗雖沒有，小仗卻經常不斷，餓了來大梁境內搶一搶，北戎部落間自己也打來打去，北疆軍也經常去北戎打草穀。在關外不遠處，有一處自發形成的榷場，雙方在那裡買賣，魏王與北戎王都暗自默許，無人會前去騷擾搶劫，只是大梁商人進去此處，要收一筆關銀。」

這些銀子落入誰的腰包裡，自然不言而喻，老神仙只怕也心知肚明，所以暗中支持蘇相。

王相看著太子長大，明擺著站在他那一邊，若在此開榷場，增設官員，不僅斷了魏王的財路，又會讓他處處受制，太子派會逐步一家獨大。

孟夷光就是在賭，魏王不會甘心，史書不絕，多少皇家兄弟鬩牆。她偏生不相信，太子那樣無德無能的人，會是天選之子。

崔老太爺猶疑一陣，終是說道：「小九，老二這人，沒什麼本事，我也沒想著他能光宗耀祖。只是他已成家，有妻有子，這一房人總要過活，他能自己立起來，我以後也能放心撒手而去。他有什麼做得不對之處，我代他向妳賠不是。」

孟夷光心裡嘆息，崔二是他的親生兒子，他對不起王老夫人，卻對子孫們都一視同仁，關愛有加。

她笑道：「外祖父，只要他們不找我麻煩，我自不會與他們計較。眼見快要過年，我與阿爹他們過兩日便會啟程去廬州，以後見不著，也不會有齟齬。」

崔老太爺想想也是，只是不捨地道：「這才沒幾日，你們又要離開，多回去陪陪妳外祖母吧！你們回京，最傷心的便是她。」

孟夷光起身施禮後告辭。

第四十三章

孟夷光去王老夫人的院子，一進屋子就見她沈著臉，忙上前坐在她身邊，笑著道：「這是誰惹妳老人家生氣了呀？」

王老夫人冷哼一聲斜睨著她，伸出手指戳她的額頭道：「妳惹我生了氣！既然要打，怎麼不乾脆打死作數，還讓他們一次次蹦躂，沒得惹人厭煩。」

孟夷光傻笑著看向崔氏，崔氏沒好氣地道：「崔八娘來妳外祖母跟前哭了一場，說是她阿爹、阿娘都快沒了命，求著要請大夫。她一路大哭著進來，生怕府裡的人不知道是妳不顧尊長，出手打長輩。」

「唉，看來還是外祖母說得對，下手輕了點，還能讓她到處跑。」

孟夷光摟著王老夫人的手臂，將臉貼上去，嬌聲道：「外祖母，都是我惹下的禍事，平白讓妳受了氣，都是我不好。」

王老夫人輕撫著她臉龐，笑道：「名聲這東西，雖然有時候就是個屁，但是有總比沒有的好。這些我都替妳擔著，看他們能翻出什麼花樣來。先前妳阿娘說，要去街上逛逛，買一些珍珠海貨帶給妳六姊姊，也順便帶一些回京。明日我讓妳大舅母陪妳們去，在外面痛快地玩幾日，省得在這個府裡看著他們憋氣。」

孟夷光想著快要過年，華氏管著府裡中饋，忙得腳不沾地，忙說道：「阿娘在青州長大，哪還需要大舅母陪著。還有阿爹呢，我們一家三口出去逛，身邊有護衛跟著，保管不會有事。」

王老夫人想了想，笑道：「也成，你們一家子到青州，倒不能常見面，一起出去散散心也不錯。嬤嬤，取我放銀票的匣子來。」

嬤嬤拿了匣子遞給她，王老夫人數了十張百兩面額的銀票，硬塞進孟夷光的手裡。「想買什麼就買什麼。女人家去逛鋪子，總得買個盡興。」

孟夷光笑嘻嘻地數著銀票，分了一半給崔氏，笑道：「阿娘，見者有份，一人一半。」

崔氏也知王老夫人性子，也不拒絕，笑著收起銀票。兩人陪著王老夫人用完晚飯後，才回去院子歇息。

孟夷光洗漱後躺在床上，鄭嬤嬤放下床帳，吹熄燈後退下，屋子裡陷入黑暗靜謐。她整個人鬆懈下來，睜著眼睛怔怔出神，白日裡裴臨川的神情，一遍遍在她眼前浮現。

他說，天高地闊，就此別過。

苦澀痛楚一絲絲在全身蔓延，她緊抓住被褥蓋過頭頂，蜷縮成一團，企圖抵擋那些難受。

一整夜似睡非睡，早上時又按著時辰起床洗漱，跟沒事人一般，去王老夫人院子請安。

用過早飯出門，孟季年早已等在二門處，見她們出來，忙笑著迎上來。「好些時日未見著妳們，我早就說要陪妳們母女去逛一逛，妳們比我還忙，總是等不到人。」

孟季年這些天跟在崔敬身後忙進忙出，看著他打理鋪子，早已將青州府轉了個遍，還去海邊看人採珠，人被海風一吹，黑了不少卻極有精神。

孟夷光上下打量著他，笑道：「阿爹，出去逛要你付銀子的。」

孟季年拍著胸脯，笑咪咪地道：「妳只管放心，買一些吃食，阿爹還是付得起，反正家裡的銀子都是妳阿娘在管，她想買什麼便買什麼，我絕對不會有二話。」

崔氏嗤笑，與孟夷光上了馬車。孟季年熟門熟路帶著她們直接去採珍珠的人家，選了幾匣子成色上佳的珠子，順道還買一些海貨。

到了午時左右，駕著車在小巷裡穿來穿去，到了一條小巷子口的食肆鋪子前停下，孟季年笑道：「這裡的魚丸還有湯糰，做得最為地道可口，大哥帶我來吃過一次，一直都念念不忘。」

孟夷光抿嘴笑，孟季年這人嘴極挑，他大讚美味的店，一般不會差到哪裡去。幾人走進鋪子，店堂不大，屋裡擺著三、四張桌椅，收拾得極為乾淨。

一個頭上包著布巾、身著漿洗得乾乾淨淨的婦人上前，麻利地拿布巾又擦拭一遍桌椅，才笑著招呼他們坐下。

孟季年看著水牌說道：「湯糰與魚丸各來一份，其他的新鮮海貨，妳選一些端上來。」

婦人爽朗地道：「好咧，客官真有口福，正好送來新鮮的大黃魚，蒸了配酒吃，最為美味不過。」

孟季年應下，這時店裡又進來客人，婦人忙著上去招呼。

孟夷光順眼看過去，見賀琮身後跟著兩個與他年紀相仿的男子走進店堂。

賀琮愣了一下，只笑著頷首點了點頭，與他們走到另一張桌，坐下來。

不一會兒後，後廚簾子掀開，一個年約十五、六歲的小娘子，手中托盤上放著碗碟，穩穩地走上前，手腳麻利地將湯糰、魚丸擺在桌上，笑道：「客官趁熱吃，魚丸冷了會有腥氣。」

孟夷光心下喜悅，以後待京城事了，乾脆來青州生活，這裡民風開放，婦人、小娘子拋頭露面做買賣，眾人皆習以為常。京城裡卻不一樣，雖有婦人出來討生活，那些酸儒卻愛指指點點，指責她們不守婦道規矩。

孟季年拿了碗，分別盛了魚丸與湯糰給她們，笑著道：「妳們快嚐嚐，我看著都餓了。」

孟夷光最喜歡吃湯糰，她拿起湯匙舀了，只咬一小口，豬油混著芝麻的香氣在嘴裡蔓延開，又帶著一絲絲的甜，她眉毛都飛舞起來。

她吃完湯糰又嚐了魚丸，新鮮彈牙，果真是鋪子雖小，手藝卻很不錯。

後面除了清蒸大黃魚，還上了幾小碟蝦貝，孟夷光埋頭吃了個痛快，崔氏也喜食海味，連同孟季年，竟將桌上的菜吃得乾乾淨淨。

賀琮手上握著酒杯，眼神卻不由自主飄向孟夷光，嘴角上揚噙著一絲笑意。

她吃東西時的表情太過有趣，先是小心翼翼地試探咬上一小口，興許是喜歡，眉眼彎彎，眼帶笑意，再稍微咬大口些；遇到不喜歡的，眉頭微擰，脖子後仰，像是見到苦藥一樣，伸手推開再也不碰。

她喜食甜食，接連吃了好幾個湯糰，那享受的模樣，讓他也不知不覺將碗裡的湯糰吃了一大半。

「哎，七哥，你不是不喜歡吃甜食嗎？」

「不是不喜歡吃，是根本不碰。我就說這裡的好吃吧，你還不信。」

兩個男子笑著打趣，賀琮垂下頭，扶額笑起來。

用完飯付完帳，孟夷光也懶得與賀琮打招呼，裝作互不相識，起身離開。

三人又連逛了幾家鋪子，買一些當地的土產，裝滿幾車之後，才找一家茶樓，去樓上尋了個清靜的雅間，坐下來歇腳喝茶。

孟季年喝了一口茶，看著孟夷光道：「小九，阿爹知道這些時日苦了妳。都是我不好，沒能護著妳們。」

孟夷光見他神色愧疚，隱去常見的玩世不恭，盡是無比的鄭重，眼裡疑惑漸生。

「這些天我仔細想過，也跟著妳舅舅長了些見識，府裡之事我亦清楚，家裡男兒都已出仕，我再去當個芝麻官也沒甚用處。」孟季年壓低聲音，認真地道：「我想跟著崔家的商隊走北疆。」

孟夷光心下微震，忙看向崔氏。

只見崔氏也瞪大眼睛，片刻之後，她神色淡下來，黯然道：「我知道你們在圖大事，總不能顧著自己，扯你們的後腿。我聽阿爹說過，這條商路有多艱辛，只不知你受不受得住那份苦。」

孟季年見崔氏不反對，頓時鬆了口氣，笑道：「小九是勞心，我不過是勞身，當爹的哪能讓女兒衝在前面，自己卻在後面躲清閒。我回去之後給老神仙寫封信，想必他也會同意，待陪妳們去看過六娘，我便回青州，趁著開年時商隊出發，正好一併前去。

「三娘，以後家裡就全部靠妳，不對，以前也是全部靠妳。唉，都是我這些年不懂事，在外面瞎晃蕩，裡裡外外都是妳在操心，是我對不起妳。」

崔氏眼眶一紅，熱淚汩汩而出。孟夷光正要拿帕子，見孟季年眼疾手快掏了帕子遞過去，她便又低下頭，笑著將帕子收了回去。

「哎喲，別哭，別哭，妳這一哭，我哪捨得走。」

孟季年心疼極了，又是倒茶又是小意勸解。

孟夷光悄悄起身離遠了些，看著窗外抿嘴偷笑。

慢慢地，孟夷光臉上笑意淡下去。

茶樓對面的書鋪裡，裴臨川手上抱著幾個卷軸走在前，阿愚和阿壟抱著一堆走在後，三人從鋪子裡走出來，又向前走進另一家。

第四十四章

書齋裡。

夥計剛送走最後一撥客人，在一旁將客人選完的字畫收拾整齊。

掌櫃站在櫃檯後，低頭盤點著帳冊，突然眼前一暗，驚得他抬起頭。

只見一個氣度非凡的玉面郎君，手上抱著卷軸站在他的面前。

掌櫃眼尖，一眼看出來人定是非富即貴，忙揚起笑臉，招呼道：「貴人可是來看字畫？鋪子裡剛好收到一幅前朝大家的字，貴人可否要瞧瞧？」

貴人裴臨川將卷軸放在櫃檯上，開口道：「我不買字畫，我賣字畫。」

掌櫃一愣，打量眼前的人幾眼，又朝他身後看去，跟在後面的一老一少，與他神情相似，木著一張臉上前，將手中的字畫、卷軸，一股腦兒全部堆在他面前。

「這……」掌櫃一時有些摸不著頭腦，隨手打開一幅卷軸，心裡一咯噔。

他熟悉這幅畫周圍的景象，是四明山水，筆觸簡單，寥寥幾筆，蒼涼與蕭瑟撲面而來，他耳邊彷彿響起了海風的悲鳴，心裡也為之一酸。

他揉了揉眼，狠心將畫捲起來，又迫不及待拿起另一幅打開。這是一幅字，行書寫就的《道德經》，字跡行雲流水如春風撲面，令人心隨之歡喜，看得挪不開眼。

一幅幅接著打開看下去，掌櫃額頭汗水直冒，手也忍不住隨之顫抖，心怦怦直跳，快要跳出嗓子眼，小心翼翼離得遠了些，怕汗水污濕字畫，連灌了半壺冷茶，才緩過神。

掌櫃小眼睛精光直冒，不住打量著眼前緘默不語的三人，斟酌又斟酌之後，試探著問道：「不知貴人準備如何賣？」

貴人貴語，只冷冷吐出三個字。「一百兩。」

掌櫃心抖了一抖，瞪大了眼難以置信地瞧著他，莫非這幾人是江洋大盜，偷了這些字畫來銷贓？

這條街上有兩家書齋，前面一家是賀家所有，只怕是膽子小不敢收，他才轉來自己家。

掌櫃小心思轉動得飛快，想到背後的東家姊夫連襟是衙門總捕頭，在青州也有些勢力，心一橫，一不做二不休，努力嚥下一口唾沫，艱難地伸出手指道：「五十兩。」

裴臨川垂下眼眸，想到前面的書齋掌櫃雖然極愛他的字畫，聽到他要價一百兩時，卻馬上變臉，連連揮手將他們趕出來，只怕是出不起這麼多的銀子。他沈吟片刻之後抬眼，冷聲道：「成交。」

掌櫃的心都快跳出嗓子眼，顫抖著聲音道：「貴人稍等，我馬上替你取銀子。」

裴臨川不再說話，只靜靜地站著等待。

掌櫃飛快彎下腰去拿銀子，起身之後，見一高壯漢子抬手壓住那些字畫，似笑非笑道：「且慢。」

掌櫃急了，眼見即將狠狠賺上一筆，卻平地生了波折，沈下臉道：「這些字畫鄙店已經收下，還請閣下讓開些，不要耽誤我們做買賣。」

裴臨川斜眼看去，見是孟夷光身邊的護衛首領老胡，神色微微變了變，沈下臉想要發怒又忍了回去。

空寂老和尚說不要與小娘子計較，這些字畫不值銀子，用了他的筆墨紙硯，又在四明山上白吃白住這麼久，這些字畫該送給他拿去糊牆。

看在她的面子上，就算是損失五十兩銀子也沒關係。

老胡也不動怒，慢條斯理抽出一幅畫，打開隨意瞧了瞧，又捲起來拿在手裡，對裴臨川道：「我家主子久仰郎君大名，主子說了，郎君所有的字畫，她都願意買下來，只是身上帶的現銀不多，這一千兩先付給郎君做訂金。」

老胡掏出一疊銀票，塞到後面阿愚的手裡，笑著囑咐道：「阿愚，這些你收好。郎君嘔心瀝血，將畢生所寫所畫，這麼多一起拿出來賣，說不定有那黑心的，會騙了你們。」

阿愚手上捏著銀票，眨巴著眼睛看向裴臨川。

裴臨川神色一沈，又霎時頓住，臉色漸漸蒼白。

「阿娘有間書齋，你可以畫出來到她鋪子去寄賣……」

「畫多了可不值錢，物以稀為貴呀……」

一道道嬌聲軟語在腦子裡迴響，裴臨川頭疼欲裂，冷汗順著額角滴下，他用力拽緊手心，才穩住身子沒有倒下。

阿愚瞬間變了臉色，上前急切扶住他，卻被裴臨川推開，啞著嗓子道：「無事，我們走。」

阿醜上前將字畫胡亂一收，全部扛在肩上，跟著他們走出鋪子，掌櫃呆若木雞，老胡也覺得莫名其妙。

日頭漸漸西斜，街頭行人小販腳步匆匆，忙著收拾歸家。

裴臨川穩住心神，壓下喉間的腥甜之氣，抬眼四望，只覺滿目淒涼。

她明明什麼都知道，他一直要尋的人是她，為何卻一直隱瞞不說？

突然，他視線落在對面茶樓窗邊那個熟悉的人影身上，一動不動，靜靜凝望。

孟夷光見到對面那道凌厲的視線，忙慌亂地閃開身，坐回几案前。

孟季年與崔氏低聲說得正歡，誰都沒有注意到她的動靜。

孟夷光拿起茶杯，一杯茶喝下，心跳總算平緩許多。

這時門上突然傳來兩聲輕響，她一顆心又被提起，驚慌失措地轉頭看過去。門被推開，賀琮帶著笑意站在門口，她提起的心又放了下來，覺得輕鬆，又有些失落。

賀琮笑著叉手施禮。「在下乃賀家七郎賀琮，先前在食肆裡遇見時，不敢打擾你們用飯，便未上前招呼。真是巧，此間茶樓是賀家所開，再裝作不識，便是我的不是，祖父定要罵我不懂規矩。」

崔氏見賀琮落落大方又謙遜有禮，生得真如王老夫人所說，像一朵花似的，早已不計較他先前的故作不識，心裡只遺憾孟夷光與他沒有看對眼。

孟季年如今想要留在青州做買賣，更不會與他置氣，哈哈一笑道：「原來是七郎，我聽大哥不知說了多少次，誇讚你聰慧過人，今日一見果然名不虛傳，快過來坐。」

賀琮笑著走到几案前坐下，又喚來茶酒博士，說道：「讓掌櫃將我放在鋪子裡的小君眉拿來。」

孟夷光還掛念著對面街頭裴臨川孤寂的身影，耳邊聽到小君眉，不由得抬眼看去。

賀琮帶著笑意的目光正看著她，頷首道：「九娘可是喝不慣小君眉？」

「沒有。」孟夷光不想多說，只淡淡地回答。

賀琮只笑了笑，又轉頭與孟季年、崔氏寒暄。「我聽阿娘說，她在閨中就與崔姨交好，這麼多年總算又見了面。本來想下帖子讓妳到府裡來飲酒，可老夫人不放人，說是好不容易回來一次，自己還沒有看夠，哪捨得放你們出來。」

崔氏笑起來，回到青州後，請他們上門飲酒的帖子都快堆滿門房，王老夫人都婉拒了，她年紀大輩分高，那些人就算生氣也只得作罷。

王老夫人心下透亮，知道老神仙是丞相，那些人見他們到了青州，削尖腦袋想透過他們走通老神仙的門道，池淺王八多，乾脆誰也不見，誰也不得罪。

「我們即將啟程去廬州，今兒個也是難得出來一趟，老人家也是萬般不捨。」

崔氏打量著他，笑道：「上次在老太爺生辰時，見過你阿娘一面，聽說你金秋中了舉，明年可打算進京參加春闈？」

賀琮眼帶笑意，雙手一攤，坦白至極地道：「這次中舉不過是僥倖，哪敢參加明年春闈，這才學過人的稱號總要留久一些，省得這麼快被人扒下臉皮來。」

孟季年撫掌大笑，崔氏也忍俊不禁，孟夷光只隨著淡淡一笑。

屋內其樂融融，茶酒博士取了茶葉來，躬身在一旁煮茶。

門口崔七娘探頭進來，歡快地道：「原來琮哥哥真在，八娘攔住我的馬車說你在上面，我還不相信呢。」

崔七娘踩著輕盈的步伐，像是一隻花蝴蝶般跳躍進屋，屈膝胡亂施了禮，眼睛一眨不眨地看著賀琮，目光是毫不掩飾的癡迷。

崔八娘嬌怯怯地跟在後面，害怕地看了一眼孟夷光，又恭敬屈膝施禮，便靜靜站在一旁。

孟夷光面色平靜，崔氏哪能看不出崔八娘的意思，心中惱怒，卻又礙於賀琮在，強笑著道：「八娘過來坐，七娘到我身邊來，這麼晚妳還在外面，可有差人回去跟妳阿娘說一聲？」

「我來鋪子裡選香粉，跟阿娘說過啦。」崔七娘不在意地說道，又狐疑地看著孟夷光。「九姊姊，妳與琮哥哥怎麼在一起？八娘說這家鋪子是琮哥哥家的，妳肯定知曉，來這裡也是為了遇到他嗎？」

孟夷光神情冷漠，目光淡淡從崔八娘身上掃過，嚇得她臉色一變後退了兩步。

崔八娘正要掩面哭泣，卻發現孟夷光目光一瞬不瞬，定定看向門口，忍不住跟著回頭看去，像是被點穴一般，再也動彈不得。

她眼裡怨毒一閃而過，又恨又不甘心，眼前這個冷若冰霜、面若冠玉的男子，也是來找孟夷光這個被休回家，還恬不知恥四處勾搭男人的賤人嗎？

裴臨川聲音冰冷，開口道：「孟九娘，妳是嗎？」

孟夷光只覺得口中苦澀難言，輕嘆道：「不是。」

崔七娘眼神熾熱。

天，這個男人好好看，又高傲又矜貴，簡直比賀琮還要好看幾分。

她興奮至極，腦子裡靈光一現，恍然大悟道：「九姊姊，他就是妳先前的夫君嗎？聽說妳先前的夫君長得很好看，我原本還不信呢。」

屋內霎時靜得呼吸可聞，眾人神情各異。

第四十五章

裴臨川渾身簌簌發抖，直愣愣地看著孟夷光，神色痛苦至極，太陽穴的青筋漸漸突起，眼眶猩紅，像是受傷的猛獸，朝她飛撲過來，抓住她的手臂，用力往外拖。

崔氏嚇得失聲尖叫。「住手！你放開她，快來人呀！」

孟季年也大叫著衝上前，怒吼道：「混帳東西，你要做什麼？」

賀琮一言不發，手撐著几案一躍，閃身上前抬掌劈向裴臨川後頸。

裴臨川只微微頭一偏，硬生生挨了一掌，手上緊緊抱著孟夷光不鬆手，抬腿踢向迎上來的護衛，眼神狠戾，怒喝道：「滾開！」

阿愚和阿壟臉色微變，一前一後護住裴臨川。

賀琮再上前，阿壟只反手一拳，出手快如閃電，砸在他的肩膀上，他全身骨骼都喀嚓作響，劇痛讓他渾身冷汗直冒，再也抬不起手。

老胡氣惱至極，忙低聲吩咐護衛。「護好三郎夫人，讓他們放心，阿愚他們有數，九娘不會有事。」他嘆口氣道：「消息能壓著便壓著些吧。」

護衛忙領命，進屋子來低聲說了，崔氏雖然流著淚擔心不已，卻死死咬著嘴唇沒有再出聲。

孟季年也回過神，上前查看賀琮的肩膀，歉意地道：「對不起，連累你受了傷。」

賀琮忍著痛搖搖頭，笑道：「大致是脫臼，沒事，是我學藝不精。九娘沒事吧？」

孟季年眼中是止不住的憂慮，卻不願多說，強笑道：「無事。你的手臂要緊，先送你去醫館。」

崔八娘心情說不出的暢快，恨不得仰天大笑，說不定以前也是在外勾引男人，被夫君捉姦在床，才被休回家了呢。

如今又被碰上，誰受得了一次次被戴綠帽？唉，賤人不過是有個做了大官的祖父，才有這麼好的運道，嫁了個人中龍鳳的夫君，卻還不知足，最好能被千刀萬剮，方能解自己心頭之恨。

崔七娘被突然的變故嚇得小臉慘白，心知自己闖了大禍，怔怔看著崔氏道：「三姑姑，我……」

崔氏無心安慰她，只匆匆道：「先回府去。」

屋子裡兵荒馬亂，裴臨川將孟夷光禁錮在懷裡帶下樓，衝出店堂。阿蘢正飛快地套馬車，裴臨川搶過韁繩，抱著她翻身上馬，腿一夾馬肚，向城門外疾馳而去。

阿蘢和阿愚愣了下，轉頭四下一看，見護衛正手忙腳亂套車，於是他們上前奪過馬匹，縱馬跟上前。追下來的老胡氣得跳腳大罵，也只得如法炮製，要了匹馬一路追趕。

孟夷光坐在馬背前，裴臨川神情陰狠緊摟著她，不顧一切打馬飛奔。

寒風似刀，颳得她臉頰生疼，被顛簸得胃裡直冒酸水，腦子裡更是混亂不堪，昏昏沈沈，全身上下沒一絲力氣，咬牙死忍著一聲不吭。

不知過了多久，孟夷光緩緩睜開眼睛，自己正躺在軟榻上。眼前是陌生的房間，陳設簡單只有一榻一几，角落裡掛著八角小宮燈，豆大的燈光氤氳，裴臨川像尊雕像，坐在榻前一瞬不瞬地看著她。

孟夷光張了張嘴，發現喉嚨燒灼般疼。他沈默不語，伸手按上她的手腕，片刻之後放下手，俯身將她扶起來，端起几案上溫熱的藥，舀了一勺遞到她嘴邊。

她偏開頭，他神色更冷，沈聲道：「喝！」

「我自己喝。」她忍著嗓子的疼痛，啞聲說道。

他固執地將湯匙遞在她嘴邊，冷聲道：「騙子。喝！」

孟夷光心被針刺了一下般，顫抖著嘴唇，張嘴喝下藥，一碗藥喝完，嘴裡盡是苦意，嗓子倒舒緩許多。

一顆冬瓜霜糖遞到她嘴邊，她垂下眼簾，將糖含在嘴裡，甘甜蔓延，總算沖淡一些苦味。

屋外松濤陣陣，孟夷光愣怔片刻，問道：「這裡是四明山？」

「是。」

她想起先前的情形，頓時有些發急。「我阿娘他們……」

「老胡跟來了。」裴臨川突然湊近，神情陰冷，修長的手指掐上她的脖子，一字一頓道：「妳總想著別人，騙子，妳騙得我團團轉，我恨不得掐死妳！」

裴臨川嘴裡溫熱的氣息噴在她臉上，眼神狂熱，面容扭曲，手指才微微收緊，頓時又像被刺到一般飛快鬆開。他站起來，陰鬱狂躁得像是困獸，在屋內喘息著直轉圈。

孟夷光哀哀地看著他，叫道：「裴臨川。」

裴臨川緩緩停下腳步，狠狠地盯著她。

「你過來。」她對他招招手。

裴臨川閉上眼呼出口氣，半晌後總算上前坐在她身邊。

孟夷光嘆道：「你都記起來了嗎？」

他默然片刻道：「記起了大部分。妳教我做買賣賺銀子，妳生氣說要揍我，妳說我不知柴米油鹽貴。」

一句又一句，他將她曾經對他說的話，像是背書般，一字不落地背下來。

孟夷光神情恍惚，輕聲道：「皇上去年給我們賜婚，今年二月我嫁進國師府。七月時你口吐鮮血昏迷不醒，整個太醫院都束手無策，皇上一怒之下，派重兵圍了國師府，說要是你沒了命，我與孟家都會給你陪葬。

「後來幸得你先生及時趕來，才救活了你。他說你是因這些凡俗之事，心智失守遭到反噬。醒來後，你忘了我是誰，又成了以前算無遺策的國師。皇上見你沒事，也因此開恩饒了我一命，准許我們和離，下了死令，不許人提及我們的親事。」

她說完後，淒涼地笑了笑，短短不到一年，不過寥寥數語，卻像是已走過一生。

裴臨川臉色灰敗，又痛又後悔，原來因為自己，她數次遊走在生死邊緣，他吶吶地道：「對不起，都是我害了妳。」

孟夷光微笑。「你也救過我的命啊，你去殺了那些悍匪，自己腰上也因此受了重傷。」

她深深呼出一口氣，說出這些瞞著他的往事，好似壓在心頭的巨石頓時被移開，渾身輕鬆不少。

「裴臨川，所以我們不能在一起。我不怕死，可我還有家人，不能連累他們跟著我一起喪命。」

裴臨川渾身一震，猛地轉回頭，眼神執著而堅定。「不，我永遠不會放妳走，誰要殺妳，我就先殺了他。」

孟夷光就那麼溫柔地看著他，輕聲道：「空寂大師說，這是天命。我不信天命，你信嗎？」

裴臨川伸出手，將她的手捧在手心，臉上是不容置疑的笑。「我當然不信，天意也可以更改啊，妳就是更改了天命而來，我早就看出來了。」

他聲音輕快起來，絮絮叨叨說道：「妳就是我的天命啊！我說了會護著妳，就算我恨極了妳，忘了妳，也還是將妳放在心尖上。孟九娘，妳別怕，我現在很厲害。妳怕皇上是不是？別怕，他以前仰仗我，以後還是會仰仗我。他連《大學》都背不出來，蠢得很，不是我的指點，他早就死了。太子比他還蠢，先生說皇上是天命，太子也是天命，可妳我都是天命啊！」

他話語凌亂，孟夷光卻聽得清楚明白，嘴裡冬瓜霜糖的味道好似仍在，甜味瀰漫到心底。

咚咚！門被大力砸了兩下，空寂大師在外面大聲道：「這裡可是佛門淨地，你們可別太過分啊，卿卿我我一下就得了，還沒完沒了的……」

裴臨川臉一黑，抓起湯匙砸過去，正推門進來的空寂大師眼都不眨，微抬手將其接住。

空寂悠閒踱步進來，打量他們半晌，嘖嘖直搖頭。「哎喲，瞧你們這對苦命鴛鴦，一會兒哭一會兒笑，不知情的還以為犯了羊癲瘋呢。」

孟夷光臉頰微紅，頷首施禮。

裴臨川又想起他騙自己的字畫不值錢，想要一文不出全部坑去，怒從心中起，神色不豫斜睨著他，軍中聽來的髒話脫口而出。「你懂個屁！」

「嘿！」空寂大師氣得跳腳，罵道：「你個白眼狼，虧我一片好心，要不是看在九娘的面子上，我乾脆餓死你作數。」

提著食盒，端著炭盆等的小沙彌魚貫而入，孔雀開屏銅枝燈盞又掛上幾盞燈，屋子裡瞬時亮堂起來，几案上擺著飯食，隱隱冒著香熱氣息。

空寂大師笑呵呵地招呼孟夷光。「九娘，洗漱後用些飯，他蠢不知道照顧小娘子，反正你們已經和離，好不容易跳出火坑，再跳回去可要三思三思再三思啊。」

裴臨川沈聲道：「滾！」

空寂大師白了他一眼，臉上浮起幸災樂禍的笑容。「我當然要滾了，快吃吧！啊，砍頭之前總要吃餐飽飯。」

他笑咪咪地往外走，聲音漸漸遠去。「哈哈哈，你先生已經在路上，很快就要上山了喲……」

第四十六章

屋子裡擺滿炭盆，溫暖如春。

用飯時，裴臨川緊挨著孟夷光坐在她身邊，用完飯，緊挨著她坐在軟榻裡，緊緊牽著她的手，熱得手心裡都起了微汗，不管她怎麼勸說，他都不肯放開。

先生進屋，盯著兩人在衣袖下牽在一起的手，偏著頭看了又看，愣愣問道：「你們不熱嗎？」

孟夷光臉頰微紅，兩人一同起身施禮，又一同坐下，裴臨川面不改色地答道：「手不熱，心有些熱，怦怦跳得很快。」

先生哦了一聲，坐下來自己伸手倒杯茶喝了。

孟夷光忙要掙脫去幫著倒茶，裴臨川按住她的手，說道：「不用，先生說要自己用飯穿衣。」

孟夷光臉頰紅透，斜睨他一眼，他卻對著她溫柔一笑，手指輕輕戳了戳她鼓起來的臉頰。「像是年畫娃娃。」

她別開了臉，算了，還是不去看他比較好。

先生悶聲不響連喝了幾杯茶，放下杯子長舒了口氣，看著她好奇地問道：「妳先前的世間也這麼虛偽？妳的眼神明明很怕我，卻要裝作很客氣。」

孟夷光愣了愣，看來裴臨川的性子完全承襲先生，都直白得讓人無法招架。她沈吟片刻後道：「你是尊長，理應要孝順尊敬長輩。」

「除了尊敬長輩，還有上下尊卑，君君臣臣，妳為何又不在意？」先生語氣溫和，像是好奇地發問，話語卻如刀，咄咄逼人。

先生又看向裴臨川道：「你出去，我有些話要與她說。」

「不。」裴臨川斷然拒絕，平靜地道：「你為我而來，所有的事也因我而起，不能將所有的罪名安在她頭上。」

先生臉色微沈，眼神如利刃盯著他。「所以你也要與她一般，違背天意，與天抗爭？」

「那只是你的天意，不是我的天意。」裴臨川絲毫不為所動，不疾不徐地道：「我從來沒有承認過你的天意。」

先生看了他半晌，眼裡是說不出的失望，又看向孟夷光，冷聲問道：「妳也這般認為？」

孟夷光起初惴惴不安，裴臨川的堅定鎮靜，讓她的心也慢慢安定下來，穩了穩心神，問道：「先生，什麼是天意？」

先生厲聲道：「陰晴圓缺，四季變換，他為君，妳為民，這都是天意！」

孟夷光愕然，片刻後微笑道：「先生，天有陰晴圓缺，這不是天意，這只是天象。前朝末年，吏治腐敗，民不聊生，於黎民百姓來說，只要能讓他們活下去，誰做君與他們又有何關係？這不是天意，這是民意。」

先生鼻孔裡冷哼一聲。「詭辯！萬事萬物皆有因果可循，人渺小如塵埃，又豈能與天意抗衡？妳本來就是違逆天意而來，上次他生病不是妳的錯，如今妳卻大錯而錯，該是撥亂反正之時，一切皆該歸於正軌。」

先生面色尋常，身形一動，以快得不可思議的速度，撲到孟夷光面前，手輕飄飄揮出，她瞳孔一縮，只覺得自己頭上像是有座山壓下來，瞬間連呼吸都困難。

電光石火間，她眼前一黑，被裴臨川撲到身下，他悶哼一聲，渾身劇烈顫抖，卻仍舊死死抱住她，將她護得嚴嚴實實。

先生也不作聲，手掌弓起抓著他的後背，一提一甩，裴臨川抱著她一併滾了幾滾，撞翻几案小爐，茶盞嘩啦啦掉在地上碎裂，燒紅的銅壺跌下來，眼見就要傾倒在她頭上。

她驚恐萬分瞪大眼，渾身簌簌發抖絕望至極，他看也未看，抬手揮去，銅壺被彈開，嗤啦一身，陣陣皮肉烤焦的味道瀰漫。

「裴臨川。」孟夷光又怕又痛，牙齒咯咯作響，顫抖著道：「你的手……」

「嗯。」裴臨川嘴角努力溢出一絲笑意，又帶著她一滾，將將躲過先生的一掌。

「讓開！」先生煩了，拔高聲音呵斥。

「不。」裴臨川嘴角鮮血漸漸溢出，眼神卻無比堅定。

先生心裡火氣更甚，雙手握拳快如閃電，一拳又一拳如鐵般砸下來。

孟夷光只聽到拳拳入肉的聲音，她流淚滿面大哭道：「要殺要剮都隨你，你放了他啊！」

阿愚和阿壟被先生的灰衣僕從攔在外面，他們加在一起也不是他的對手，衝了半天也衝不進來，聽見屋裡的聲響越來越低，最後只剩孟夷光淒厲的哭喊聲。

他們雙膝一軟跪在地上，俯身哭求道：「先生請高抬貴手，放國師與夫人一馬。」

先生眼神冰冷，默不作聲，手下毫不留情，拳頭用力砸下，裴臨川的行動越來越遲緩，眼神逐漸渙散，雙臂卻始終如鐵鉗般抱住孟夷光不放，血流了她一身一臉。

孟夷光心痛至極之後，反而是奇異的寧靜，像是又回到那個晚上。

他要死了嗎？他死了自己也會死，那還怕什麼？說不定還能一併重生到她以前的世間，再也不用吃這些苦。

「阿彌陀佛。」空寂大師渾厚的聲音響起，他手隨意一抬，隔開灰衣人，急步走進屋子，手臂前伸擋住先生的拳頭，笑呵呵道：「我說佚老兒，你好不容易選到的學生，就捨得這樣殺了？」

先生拂開他的手，煩躁地道：「我沒有要殺他，是他自己尋死。」

空寂大師蹲下來，仔細打量裴臨川半晌，嘴裡嘖嘖地道：「再打就要死啦，佛門淨地不可殺生，阿彌陀佛。」

裴臨川呼吸微弱，孟夷光顧不得其他，慌亂掙扎著要從他身下掙脫出來，卻沒有掙脫開，她流著淚顫聲道：「我沒事了，你放開我好不好？」

良久之後，那雙手臂才緩緩鬆開，她手忙腳亂爬出來，卻不敢動他，只輕輕將他放平。抬起袖子去抹他臉上的血跡，抹了半天卻抹不乾淨，他緊閉著雙眼，手指卻抓住她的衣衫。

孟夷光麻木著臉，無力地跌坐在他身邊，將他的手握在手中。

先生袖手盯著他們，點點頭道：「那我把她帶下山再殺。」

空寂大師搖搖頭，指著地上一動不動的裴臨川，笑問道：「這就是你所說的天意？既然是天意，你又何須出手干涉？」

「我不是干涉，只是讓事情回到原本的軌跡。」

「哈哈哈……」空寂大師仰天大笑，隨即翻了個白眼。「你自以為是又不知悔改，連個小娘子都不如。狗屁的天意，天要下雨，娘要嫁人，才是天意。你只管著你那一套，眼裡只有你的天定之人，睜開你的小眼睛，多看看這個世間，多看看那些百姓的苦難，你還盼著天下戰亂四起嗎？」

先生眼神漸漸困惑，撓了撓頭，道：「不會，我算得很明白，皇上和太子都是天選之君。」

「我呸！」空寂大師不客氣地啐了一口，斜睨著他道：「若不是你這個傻學生算無遺策，幫著排兵布陣，那個泥腿子連兵書都讀不懂，他能打下江山來？這不過是你一手操控出來的天選之君。」

先生沈下臉，想了半晌，才罵出一句。「你懂個啥。」

「好好好。」空寂大師也不跟他計較，從善如流地道：「你是死腦筋，我跟你掰扯不清楚。這樣吧，既然你相信你的天意，不如你與孟九娘賭一把，看看最後誰贏誰輸？要是她輸了，你再殺她也不遲。」

「我不會輸。」先生篤定地道。

空寂大師嗤笑。「輸不輸，不是嘴裡說說，就說你敢不敢賭吧？」

先生生氣地道：「不是賭，是我不會錯。」他看向孟夷光，問道：「妳相信妳能贏過天意？」

孟夷光緩緩抬起頭，小臉上血跡斑斑，眼神是滿滿的不屑與倔強，嘴角泛起若有若無的笑意。「先生，我與大師一樣，認為你的天意都是狗屁。」

先生冷笑一聲，昂然道：「好，我先留著妳的命，看看是妳厲害，還是我厲害。」說完看也不看他們，旋即轉身疾步離去。

空寂大師長嘆一聲，眼神憐憫，戲謔道：「別發愣啦！佚老兒很厲害，把一個泥腿子硬生生弄成皇帝。妳以後還要與他爭輸贏呢，沒有這個只會吃白飯的幫妳，我瞧著妳可吃不消。」

孟夷光怔怔回轉頭，俯下身恭敬地道：「求大師救救他。」

「可憐的苦命鴛鴦，我佛慈悲，唉。」空寂大師揚聲道：「那兩個呆子，你們進來。」

阿愚和阿壟飛奔進屋，見兩人滿身鮮血，裴臨川更是半死不活，頓時眼淚汪汪。他們小心翼翼將裴臨川抬到軟榻上，又悶聲不響對空寂大師跪下，重重地磕了幾個響頭。

空寂大師聽得直牙酸。「哎哎哎，磕壞了腦袋，我還得救你們，快去我的院子將藥箱拿過來。」

阿愚和阿壟起身又奔去拿藥箱。孟夷光坐在軟榻邊，緊緊握著裴臨川未受傷的手，不錯眼地看著他。

空寂大師上下打量她半晌，見她雙手布滿細碎的傷痕，方嘆道：「還真是命定的一對，手也一同受傷，妳起來先去洗漱一下吧。」

孟夷光搖搖頭，輕聲道：「我要在這裡守著他。」

「好吧，好吧，妳讓開些，我給他診脈。」

孟夷光挪開了些，空寂大師在榻邊坐下來，診脈了一會兒，見她雙眼期待又忐忑望著自己，掀了掀眼皮道：「放心，死不了。」

她鬆了一大口氣，才覺得渾身上下又痠又痛，頭抵在榻上無聲哭泣。

阿愚和阿壟拿來藥箱，小沙彌們跟著進來，輕手輕腳手腳麻利地收拾屋子，放置屏風。

空寂大師見她雙肩抽動，目光慈悲，也不相勸，專心地替裴臨川施針用藥。

良久之後，空寂大師疲憊地道：「好了，阿愚你們替他換身乾淨衣衫，他年輕體壯，沒幾天準能生龍活虎。」

孟夷光抬起頭，紅腫著雙眼看著裴臨川，他臉色慘白，呼吸已比先前平穩，正閉著眼沈睡，放開他的手輕聲道：「你先歇息一會兒，我洗漱後再來陪你。」

她撐著榻邊站起身，晃晃悠悠走到屏風外。

空寂大師輕步跟過來，溫和地道：「手臂伸出來我幫妳瞧瞧，不要他醒了，妳又昏迷倒下，一個個的，輪流著來還不得累死我。」

「多謝大師。」孟夷光走到几案邊坐下，挽起左手衣袖，一塊尖利的瓷片深嵌在手臂上，傷處仍在緩緩流血。

空寂大師瞪大眼道：「我見妳的手一直在抖，還以為妳是小娘子怕痛，只不過劃破了道小口子。這麼大一道傷口，妳居然一聲不吭，哎喲，妳究竟是不是小娘子啊？」

他一邊感嘆，一邊下手飛快拔出瓷片，清洗撒藥包紮。

孟夷光疼得冷汗直冒，卻咬緊牙關，顫聲道：「他比我痛。」

空寂大師斜睨她一眼，說道：「這些都是小傷，要是輸了，你們都將屍骨無存，妳怕不怕？」

「怕。」孟夷光放下衣袖，垂下眼簾輕聲道：「怕也要勇往直前，我們沒有退路。」

空寂大師沈默片刻，起身雙手合十施禮，孟夷光忙避開。他正色道：「妳受得起，阿彌陀佛。」

他寂然片刻，轉身走了出去。

孟夷光去淨房洗去手和臉上的血污，再到裴臨川身邊，見他已經換了一身乾淨的衣衫，還沈睡未醒。她對阿愚招了招手，輕聲道：「你隨我來。」

阿愚忙跟著她走到旁邊，只聽她放低聲音說道：「老胡在山上，他只怕進不來這個院子，你去將他領進來。」

「是。」阿愚領命，忙轉身出去尋老胡。

孟夷光微一沈吟，到案桌邊坐下，磨墨飛快寫了封信。剛剛寫完，老胡跟在阿愚身後走進屋，見她衣衫上血跡斑斑，驚駭得瞪大眼睛，忙問道：「九娘，妳可還好？」

「我沒事。」孟夷光將信遞給他，囑咐道：「待天一亮，就回城將信送給外祖父，要親自遞到他手上。跟阿娘他們說一聲，我這邊無事，只因國師受了傷，我得留在山上照看他，過兩日就回去，與他們一起啟程去廬州。你回來時，將鄭嬤嬤也一併帶過來。」

老胡鬆了口氣，接過信放好。「我馬上就啟程回府城，待午時左右便能回到山上。」

孟夷光點點頭，待老胡走後，她獨自坐了一會兒，將緊要之事在腦子裡過了一遍，見沒有遺漏之處，才起身去到裴臨川身邊。阿愚和阿壟半倚靠在他榻前，見她前來忙起身讓開。

她坐在榻前的杌子上，看著他的睡顏又紅了眼。那一聲聲痛擊聲，此時想起來仍舊心驚膽戰，他該有多痛，卻死命護住她，就算半死不活，仍舊下意識緊抓著不肯放手。

「妳別哭啊，妳一哭我就難過……」

「妳就是我的天命啊，就算我恨妳，也會護著妳……」

她怔怔流下淚來，他從不說謊，說要護著她，真的是拿命在護著她。

「妳別哭啊……」

孟夷光頓住。

他虛弱的聲音中帶著些慌亂。「別哭別哭，我會保護妳……」

孟夷光回過神，抹去眼淚，笑著握住他的手。「我不哭，你醒了？是不是很痛？」

第四十七章

老胡回到山上的時候，除了帶回鄭嬤嬤，崔老太爺與孟季年也一起跟來了。

他們本來滿腔的怒意，待看到裴臨川躺在床上，渾身是傷時，氣又消了幾分。算他還有擔當，知道要護著孟夷光。

鄭嬤嬤伺候孟夷光換下身上沾滿血跡的衣衫，見她渾身的瘀青，頓時又忍不住紅了眼眶，手腳麻利地梳好頭髮，又拿了根珠釵插在髮髻上。

鄭嬤嬤哽咽道：「夫人擔憂得整夜都沒有睡著，聽說國師又受了傷，生怕妳也跟著被牽連，幸得她沒有跟來，若瞧見妳這一身傷，不知該有多心疼。」

孟夷光想到崔氏，雖然對裴臨川生氣，還是拿了幾大包滋補食材讓鄭嬤嬤帶過來，崔氏心善，哪會真正怪罪他。

她偏開頭笑道：「不用這些珠花頭釵。嬤嬤，妳不用伺候我，外面有紅泥小爐，阿娘帶的那些補品，妳去熬了，等國師醒來喝，正好。」

鄭嬤嬤收起頭飾，忙應了去熬補藥。

孟夷光從淨房走出來，崔老太爺與孟季年坐在几案邊喝著茶，見到她收拾後看上去精神了幾分，都長舒了口氣。

孟季年招呼著她道：「小九快過來坐，出門前，妳阿娘千叮嚀萬囑咐，說讓我一定要好好將妳帶回去，等會兒我們就下山，還能來得及在關城門時進城。」

「你急什麼，讓小九先說說，究竟是怎麼回事。」崔老太爺皺著眉頭，斜睨他一眼，又問道：「老胡說不清楚，妳信裡也沒有說明白，我們都還一頭霧水，怎就鬧出這麼大的陣仗？」

孟夷光坐下來，也不隱瞞，一五一十將前因後果說了個清楚。

孟季年臉色煞白，崔老太爺也好不到哪裡去，半晌後嘆氣道：「我們這些凡夫俗子，無法理解高人心中所想。這與人鬥不算，還得與天鬥。小九，妳可想好了？」

「我不怕。」孟夷光靜靜地看著崔老太爺，說道：「外祖父，崔家上下這麼大一家子，你到時將家產全部獻出去，還能抽身而退，我最怕的就是連累了你們。」

「阿爹將崔家交到我手上時，全部家當加起來，也不過五百多兩銀子。我風裡來雨裡去，好幾次差點丟了命，才掙下現今的家業。」崔老太爺眼神冰冷，帶著不顧一切的瘋狂。「我拿命換來的銀子，不偷不搶，憑什麼我要交出去？崔家上下，享了老子帶來的福，也要一起擔這些禍事！」

孟季年生在世族大家，見過改朝換代家族興亡，此時冷冷一哼。「什麼命定不命定，要是老神仙也這般想，孟家早已不復存在。時也命也，慎始才有善終，老子就不信了，老天爺還會瞎了眼！」

崔老太爺斜睨著他，嫌棄地道：「你瞧你，還不如小九，這麼易怒，還做什麼買賣，做買賣就是要和氣生財。高人有高人的看法，庸人有庸人的做法。天地不仁，以萬物為芻狗，又說要上下尊卑，反正好話歹話都是他們一張嘴，你只隨便聽聽，哪能奉為圭臬？士農工商，他們瞧不上我們這些做買賣的人，可那些達官貴族，誰家沒有鋪子田莊？讓朝廷不給官員發俸祿試試？」

孟季年心道，你可沒比我少說，可崔老太爺是岳父，總不能像對老神仙那樣直接頂嘴回去，只得怏怏閉了嘴。

崔老太爺下巴朝屏風那邊抬了抬，看著孟夷光道：「小九，他因救妳受傷，我知道妳心善，斷做不出撒手不管的事。唉，妳阿娘又惦記著六娘，總得去看看才放心，妳有何打算？」

孟夷光算了算日子，沈吟片刻後道：「空寂大師醫術高明，他再休養幾日，路上走慢一些也無大礙。我留在山上照看著他，到時候一起啟程去廬州，反正要回京，從廬州回京全程走水路，也能近上許多。」

孟季年張了張嘴，想要生氣又將怒意嚥回肚子裡。

裴臨川就算沒有記起從前，也像條小狗般跟在孟夷光身後打轉，現今知曉了前後因果，哪怕他只剩下一口氣，定會追著她不放，說了也是白說。

「這樣也好，京城那邊才是重中之重，到時候他跟你們一起回京城，路上也有個照應。」崔老太爺放下茶杯，歉意地道：「都是八娘闖出來的禍事，七娘也有錯，妳外祖母動了怒，差點提刀直接殺了八娘，還是妳阿娘將她勸下了。七娘也被她阿娘關在院子裡，以後不許她再出門。她知道惹了大禍，倒也規規矩矩沒敢再鬧，還說要向妳賠不是。」

王老夫人絕對不會輕易繞過崔八娘，崔七娘本心不壞，嚇過一次也會長些記性。

孟夷光哪會將心思用到與她們計較之上，嘆道：「只是不能回去跟外祖母、舅舅、舅母們道別，這都是我的不孝。」

崔老太爺微笑道：「大事要緊，他們也不會怪罪妳。對了，倒是有件事，賀琮親自來府裡兩次，詢問妳是否安然無恙回來，他這是對妳上了心？」

孟夷光愣了下，皺著眉頭坦白地道：「我與他只恰恰見了一、兩面，他也不是那等淺薄輕浮之人，哪能那麼容易上心。我估摸著他是有事要求老神仙，不過他不說也無須去問，我也作不了老神仙的主。外祖父，下次他再來，你就說我在府裡，身子著涼不便見客。」

崔老太爺點點頭道：「現今也不宜節外生枝，賀琮也是聰明人，聽我這麼一說也會知難而退。」

孟夷光頷首施禮，鄭重地道：「阿爹跟著商隊進北疆，這條路極為要緊，萬不能失，還請外祖父多派老手跟在他身邊。」

崔老太爺將全部身家都押出去，自是當作重中之重的要事，做了周全又精細的打算，他低聲細細講起前後佈置，三人低聲商議完，見天色不早，他們又忙著起身回府城。

孟夷光將他們送走，鄭嬤嬤也端著熬好的參湯走進來。

「給我吧。」孟夷光伸出手去接。

「小心燙。」鄭嬤嬤叮囑完，將碗小心翼翼遞過去。「我熬得多，妳也喝上一碗。」

孟夷光接過碗聞了聞，濃濃的參味撲鼻，人參只怕有些年頭，她想了想說道：「我不用，妳選些好的藥材，送過去給空寂大師。」

鄭嬤嬤猶疑道：「老夫人從庫房裡拿了兩根上百年的參，夫人都一併給了我，另外還有些燕窩海參，大師可能用這些？」

孟夷光笑了笑，也不多說。「妳只管送去。」

鄭嬤嬤雖然心裡不解，但想著空寂大師是高人，定與尋常僧人不同，去選了藥材包好，親自送去。

孟夷光走到裴臨川榻邊，阿愚和阿壟正將他扶起來，讓他半靠在軟墊上。

裴臨川見到她來，眼含喜悅，嘴角上揚。

「妳來了，我正要問妳去了何處。」

阿愚和阿壟見到她來，忙躬身退下。

孟夷光將碗放在旁邊的几案上，走過去坐在榻邊，仔細打量著他的臉色，問道：「這樣坐起來痛不痛？」

「躺著難受，坐起來好一些。」裴臨川不錯眼的看著她，喃喃道：「醒來後就能看到妳，真好。」

孟夷光抿嘴笑，前去拿溫水來，遞到他嘴邊道：「先漱漱口，鄭嬤嬤熬了參湯，你先喝一碗，晚上再給你熬甜羹好不好？」

「嗯。」裴臨川順從地漱完口，張著嘴道：「妳餵我喝。」

他的手被銅壺燙傷，被空寂大師包紮得跟粽子一般，孟夷光哪能讓他自己動手，笑著舀起參湯餵他喝下。

當她再舀起一勺時，他偏開頭道：「妳也喝，我一勺妳一勺。」

「我好好的，哪用得著喝這個。」孟夷光見他依舊抗拒，瞪著他道：「快喝啊，等會兒涼了。」

裴臨川神情楚楚可憐，委屈道：「這個人參在百年以上，藥鋪裡面很少見。有次打仗時，皇上生病，尋了好幾家藥鋪都沒有尋著。徐侯爺去一家富戶的家裡偷來，臨走時還放了一把火，那家人的房屋被燒得乾乾淨淨。」

孟夷光神情微愣，裴臨川是想與她一起分享，可他說的皇帝與徐侯爺那些事，唉，怪不得外祖父就算冒著全家覆滅的危險，也不願意跟那樣的國舅爺打交道。

她將湯匙遞到他嘴邊，笑著勸道：「鄭嬤嬤熬得多，還有呢。」

裴臨川這才張嘴喝了，喝完參湯又漱了口。

孟夷光掖了掖他的被子，笑道：「阿爹以後會留在青州，待明年開春後，跟著商隊去做買賣。阿娘要前去廬州看六姊姊，要是我留在這裡，阿娘只能一個人回京。路途遙遠，我不放心，便自作主張讓你跟著我們一起前去，在廬州過完年，再一起回京，好不好？」

「妳去哪裡，我就去哪裡。」裴臨川眼含期待，微微興奮地道：「我要跟妳一起過年守歲，我還從未守過歲。以前跟先生在一起時，我們從來不過年節，後來跟在皇上身邊，我不喜歡他們，也都是獨自一人過。」說到先生，他的神情漸漸黯淡下來。「先生，他……我不恨他，只是覺得有些難過。」

孟夷光心裡嘆息，大家立場不同，他只相信自己的判斷，性情遠比裴臨川還單純。最難過的人，還是裴臨川，先生救了他的命，又教了他一身本領，兩人卻最終要針鋒相對，成為敵人。

「先生打我，我能打得過他，可是我沒有還手。」裴臨川垂下眼簾，神情哀傷。

「他不是壞人，妳也不要恨他。」

孟夷光溫和地道：「我明白你的想法，我不會恨他，只是你要與他對立，你會埋怨我嗎？」

「不。」裴臨川神情堅定，毫不猶豫地道：「不是因為妳，妳做的一切都是對的事。我是孤兒，如果天下太平，民智開化，阿娘不會死。」

他深深凝視她，神情微微緊張起來。

「如果妳因為此事會喪命，我會陪著妳。孟九娘，妳會後悔嗎？我還是不太懂世俗規矩，想到什麼說什麼，不會委婉，也沒有學會賺銀子。因為我，妳操碎了心，空寂大師說我是麻煩，妳會嫌棄我嗎？」

「以前會。」孟夷光見他手動了動，身子緩緩前傾，忙笑著抬手阻止他道：「現在不會啦！你不會賺銀子，但是我會啊，你不用會說話，會說話的人太多了，像你這樣有一身本事又真誠的人很少啊。」

裴臨川嘴角上翹，眼裡的喜意濃得往外飛濺，微抬著下巴，得意地道：「我很好的。」

孟夷光忍俊不禁。他變了，又沒有變，始終是那個自信又至純之人。

「天下很大，有很多人，可我能有的，也只有妳一個。」裴臨川伸出未受傷的手，將她的手握在手中，深情繾綣。「妳不要走開，陪著我睡一會兒好不好？」

孟夷光低頭失笑，他說自己不會說話，還真不是謙虛，她將他手放進被子裡，笑道：「不能對小娘子說跟你一起睡覺，這樣會被當成登徒子，要挨揍的。」

裴臨川神情委屈。「可我只想跟妳睡覺啊，又不跟其他小娘子說。」

孟夷光瞪他。「對我也不可以說，再說我揍你啊！」

裴臨川可憐兮兮看著她，抱怨道：「先前還說不嫌棄我，這麼快就變了，孟九娘，小騙子。」

孟夷光哭笑不得，溫聲道：「我在這兒陪著你，快睡、快睡。」

裴臨川這才滿意地閉上眼睛，孟夷光見他眼皮還在不斷跳動，手也緊緊拽著自己的手，又忍不住抿著嘴笑。

「喲，這參味真濃，好參，好參。」空寂大師吸著鼻子，笑呵呵地走進來。

裴臨川嫌棄地睜開了眼，孟夷光也忙起身施禮。

「不用多禮，不用多禮。」空寂大師笑著對她擺了擺手。「收了妳的重禮，拿人手短，我總得過來看看。」

他斜睨著裴臨川，嘖嘖道：「瞧瞧你這是什麼眼神，我可是你的救命恩人，要不是看在九娘的面子上，我才懶得過來看你。手伸出來！」

裴臨川別開頭，將手放在被褥上，不服氣地道：「我的醫術比你的好。」

「那你自己醫治？」空寂大師嫌棄歸嫌棄，還是給他認真診脈，拿出一顆藥丸遞給他。「拿去拿去，早日把身子養好，去好好幫九娘，總不能天天只知道吃飯。」

裴臨川接過藥丸在鼻子前聞了聞，略微滿意地道：「這味藥還算對症。」

空寂大師對他翻了個白眼，笑著對孟夷光道：「也只有妳能忍得了他，施主功德無量，貧僧萬分佩服。妳去拿溫水將藥化了，讓他服下，早點離開四明山，眼不見，心不煩。」

孟夷光忍笑恭敬施禮，空寂大師哈哈笑著走出去。她倒了杯溫水，接過藥放在水裡化了，遞給裴臨川。

裴臨川直接伸頭就著她手喝了，帶著一絲得逞的笑意，又閉上眼睛裝睡。

她微笑著看了一會兒，見他沒一會兒就真的睡著了，才放輕腳步離開。

這兩天經過生死劫難，她到現在還幾乎沒有闔過眼。此時倦意鋪天蓋地而來，走到軟榻撲倒在上面，很快就沈沈睡去。

第四十八章

寒風呼嘯，細碎的雪花隨風飛舞，夜色逐漸降臨，官道上已無人煙，只餘一隊車馬不疾不徐向前行駛。

「醒了？」含著笑意的聲音問道。

行路無聊，孟夷光迷迷糊糊地睡了過去，一覺醒來，見鄭嬤嬤不在車裡，眼前是裴臨川帶著笑意的臉。她呆了一會兒才回過神，聲音慵懶。「你怎麼在這裡？」

裴臨川遞了杯溫水到她嘴邊，微笑道：「我當然要與妳在一起，喝些水。」

孟夷光坐起來，伸手過去拿杯子，卻被他握住手。

「我餵妳。」

她瞪了他一眼，低頭就著他的手喝了幾小口，埋怨道：「阿爹又要罵你，不能總往小娘子車上跑。」

「無妨。」裴臨川面色如常，放下杯子道：「以前妳照顧我，現在我的傷已無礙，換我照顧妳。」

離開青州已有數日，如空寂大師所言，他年輕身子好，傷勢恢復得很快。馬車早出晚歇，今晚在城裡客棧歇上一晚，明日傍晚左右便能到廬州城。

一路上，他總是跑來與她同行，孟季年不知跳了多少次腳，罵他也無用，他不還嘴不生氣，照常我行我素。

「外面下雪了。」裴臨川將車簾掀開一小條縫隙，刺骨的寒風鑽進來，他將身子側過去，擋住風，輕聲道：「風雪夜歸人。」

孟夷光探頭向外看去，官道兩旁田間地頭光禿禿，地面覆上薄薄的雪，不由得擔憂道：「要是晚上積雪，道上難行又得耽擱工夫。」

「不會。」裴臨川放下車簾，依偎在她身旁，側頭看著她，清澈的雙眸浮起笑意。「晚間會下雪夾雜著小雨，明日能到廬州府城。」

孟夷光頓時放下心，他昨日曾說會下小雪，當時日光晴好，孟季年非常不屑地對他翻白眼。「廬州這一片極少下雪，好好的天能下雪才怪。」

他也不爭辯，只靜靜聽著。

對她的父母，甚至她身邊的嬤嬤丫鬟，脾氣都一直極好，溫和得不似他本人。

裴臨川神情悵惘，頗為遺憾地道：「府裡的梅花該開了，綠萼宮粉，滿院花海。就是靠近湖邊的那一行不齊整。」

他還惦記著那一行距離寬窄不一樣的梅樹……

孟夷光失笑，斜睨他一眼，嬌嗔道：「太靠近水邊種不活。」

「都依妳。」裴臨川臉上笑意盈盈，側頭看向她，眼神溫柔繾綣。「我想與妳一起賞花。」

孟夷光莫名覺得臉頰發燙。他的眼神太亮，在昏暗的車廂中，熠熠生輝，毫不掩飾坦露的愛意，讓她心跳飛快。

裴臨川敏銳察覺到她的變化，眼神漸漸暗沈，依著本能緩緩俯身過去，一點一點靠近，呼吸溫熱相聞。她不斷後退，身子抵在車廂上，退無可退，慌亂甜蜜又無助。

砰砰砰——

孟季年惱怒的聲音傳了進來。「小兔崽子，快進城了，你給我滾下來！」

孟夷光手腳無措，忙推開他，漲紅臉道：「快回你的馬車，阿爹又要罵你半晌。」

裴臨川如夢初醒，舔了舔唇，呢喃道：「差一點點就吃上糯米糰子。」

孟夷光又羞又氣，扯著他的衣衫往外推，沒好氣地道：「誰是糯米糰子，再胡說我揍你啊。」

裴臨川依依不捨地跳下馬車，無視騎在馬上孟季年的怒視，小跑著追上自己馬車，一個箭步跳進車廂。

孟季年臉黑沈如鍋底，緊了緊脖子上的狐裘，嘟囔罵道：「小兔崽子，真是一點苦都不能吃，大男人還坐馬車。哎喲，這該死的天氣，真是冷死人，說下雪就下雪，北疆還要比這裡冷上數倍，真不知能不能吃得消……」

護衛提前趕到，早已將客棧安排妥當，見他們馬車前來，忙迎上來簇擁著他們進客棧後院。

孟季年時時刻刻提防著裴臨川，將他的院子安排在最角落，自己與崔氏住在他與孟夷光中間。

洗漱過後，嬤嬤提來飯食，孟季年讓人單獨送一份到裴臨川院子，自己與崔氏、孟夷光一同用飯。剛在案桌前坐下，便見到他負手，神情淡定地走進屋子。

孟季年瞪眼要罵，崔氏忙抬手制止他，無奈地道：「省些力氣吧。國師，快過來坐。」

裴臨川叉手施禮，欣欣然走到孟夷光身邊坐下，旁若無人地拿起碗，盛了小半碗湯放在她面前，寵溺地道：「喝一些白果梨湯，冬日能下火潤肺。」

孟季年嘴角快要撇到地上，崔氏也不忍直視，別開頭悶聲用飯。

孟夷光垂下頭忍笑，他就是有這般本領，從不在意旁人臉色，我行我素，依著本心行事。

案桌上氣氛詭異，除了裴臨川坦蕩蕩，其餘三人皆心不在焉。

飯後漱完口，裴臨川拿起風帽披在孟夷光身上，將帽子穿戴整齊，轉身對著孟季年與崔氏叉手一禮，又攜著她的手道：「我陪妳去廊下走動一會兒，消消食。」

這樣的事每次住進客棧後都會發生，孟夷光經過一段時日的歷練，還是神情訕訕，尷尬地道：「阿爹、阿娘你們早些歇息，我走動一會兒也回院子歇息。」

孟季年當作沒看見，對她揮揮手。「去吧，去吧。」

崔氏雖知孟夷光穩重，還是不放心地叮囑道：「外面天寒，早些回屋子去，當心著涼。」

孟夷光笑著一一應下，與裴臨川走出屋，寒意撲面而來，原本下著小雪變成小雨夾雪。

她忍不住偏頭看向裴臨川，在氤氳的燈光下，他側臉如玉般溫潤光澤，似乎察覺到她的注視，垂頭看了過來，原本面無表情的臉溢出一絲笑意，輕聲問道：「冷了？」

「不冷。」孟夷光轉開視線，抿嘴笑道：「雪真小了。」

「不過些許入門伎倆。」裴臨川牽著她的手，沿著抄手遊廊慢慢散步，得意地道：「我還會許多本事。」

孟夷光見他驕傲的模樣，又笑了起來，除卻一身的本事，氣人的本領尤其厲害。

孟季年尚會生氣，崔氏已完全妥協，見到他對她毫無保留的好，對他的所作所為已睜一隻眼、閉一隻眼。

垂花門口響起腳步聲，他們抬眼看去。

一個高大的男子披著大氅走進來，見到他們頓住腳，愣怔片刻才上前，叉手施禮笑道：「原來真是九娘子，這位可是國師大人？上次在青州茶樓曾匆匆見過一面，不知國師可曾記得我？」

賀琮怎麼會在這裡？

孟夷光訝然，屈膝還了一禮。

裴臨川站住不動，冷聲道：「我記得你，你曾打過我一掌。」

賀琮又愣了愣，他曾聽說國師清冷不近人情，沒承想說話卻是這般直接。可他與孟夷光不是和離了嗎？前面鬧出那麼大的動靜，現在又怎麼走在一起？

他壓住心中的百思不解，揉了揉肩膀，苦笑道：「上次是我唐突，見到你挾持九娘子，以為你是歹人，情急之下才動手。不過你的隨從也還了我一掌，肩胛現在還不時隱隱作痛。」

裴臨川的手動了動，孟夷光忙緊握住他的手，他垂頭看了她一眼，手微微用力回握了下，又面無表情站在那裡。

孟夷光歉意地笑了笑，問道：「你也去廬州？」

「年底前走一圈，各家鋪子查帳，這家客棧……」賀琮有些不好意思地撓了撓下巴，笑道：「真是巧，也是賀家所開。我聽掌櫃說客棧被人全部包下，隨口問了問，估摸著是你們，便上前來打聲招呼，不知小店可有招待不周之處？」

賀家的產業還真是遍布各地，孟夷光心下感嘆，笑道：「多謝七郎關心，掌櫃夥計們熱情周到，我們住得很好。」

賀琮眼神從他們緊握著的手上掠過，頓了下，叉手施禮道：「那我就不多打擾，先行告退，後會有期。」

孟夷光微笑著屈膝施禮，賀琮只深深看了她一眼，轉身大步離去。

裴臨川靜默半晌，又抬腿慢慢向前走，平靜地道：「他心悅妳。」

孟夷光嚇了一跳，回想起先前崔老太爺說過的話，難不成裴臨川還能洞察人心？又想到他對陸洵的不客氣……

她側頭瞪著他。「胡說八道，你可不要胡來又要揍人啊。」

「不會。」裴臨川見她似乎不解，又繼續說道：「我不會揍他，他還算坦蕩知趣。」

孟夷光這才鬆了口氣，算是弄清楚賀琮究竟是何想法，可他與陸洵卻不同。陸洵性情好，又是親戚，雖然察覺到裴臨川的不客氣，卻沒有多做他想。

賀琮是賀家這一輩最為出色的子弟，見多識廣又心思深沈，裴臨川要是如對陸洵那般直接揍人，只怕賀琮會不顧一切報仇，鬧起來難以收場。

現在最主要的是對付太子一派，還有他那神仙一樣的先生，不能再橫生枝節。

裴臨川突然停下腳步，臉上是少有的焦灼不安，喉結微動，似乎是難以啟齒，又忐忑又期待，先前的自信全無，顫聲道：「他很厲害，妳會不會離我而去？」

孟夷光詫然，見他如此倉皇失措，笑意瞬間化作心疼，環顧四周，院子裡只餘他們兩人，迴廊幽深靜謐，她想了想，低低說道：「我以前的世界，每個人都很忙碌，忙著……」

她斟酌片刻，換上他能聽懂的詞語。「當差，賺銀子，有些人是為了養家，有些人是為了自己過得更好。車馬很快，所有的一切都很快，大家都為了生活疲於奔命，大多數人都住在一個個小匣子般的房子裡，彼此離得很近，卻互不相識。人與人之間彷彿隔著山海，愛有所保留，恨也有所保留。」她抬眼看著他，眼睫顫動，大眼睛霧濛濛一片。「我也是如此，怕深情被辜負。可是我遇到了你啊，好似來到這個世間，就為了遇到你。你毫無顧忌，毫無保留，我也會像你一樣，勇敢痛痛快快地去愛。」

裴臨川胸膛起伏不平，呼吸急促，眼尾泛紅，猛然將她緊擁在懷裡，在她耳邊輕聲呢喃。「我不會辜負妳，孟九娘，我也愛妳啊！」

他身上熟悉淡淡的清冽香氣撲進她鼻尖，倚偎在他溫熱的胸前，耳邊是他強而有力的心跳，她眼眶濕潤，心也跟著發顫，好像一切風雪都已遠去，只餘眼前的寧靜。

「咳咳咳。」孟季年站在屋外的廊簷下，負手望著前面一對小兒女，氣呼呼地道：「外面天這麼冷，還杵在這裡吹冷風？快給我回房去睡覺！」說完，他愣了下，自覺說錯了話，又忙補充道：「各自回各自的房去！」

孟夷光臉頰微紅，忙從他懷裡掙脫開。

裴臨川不捨地放開她，餘光瞄向孟季年，嘀咕道：「他要不是妳阿爹，我定會揍得他鼻青臉腫。」

「回去歇息吧，明日還要早起。」孟夷光忍笑安慰他。「阿爹沒有揍你，已經算是他大度，手下留情了。」

裴臨川將她送回房間，一步三回頭，按了按自己還怦怦跳的胸口，一臉癡笑走到孟季年身邊，規規矩矩叉手一禮，又一臉癡笑離開。

孟季年氣得差點仰倒，黑著臉進屋，罵了裴臨川整整半宿，吵得崔氏心煩，將軟墊砸在他頭上，他才快快閉了嘴。

第四十九章

翌日一大早起來，眾人離開客棧繼續趕路。

裴臨川神清氣爽、趾高氣揚，本想在賀琮面前炫耀一番，卻沒有見到他，還有些生氣，鑽進孟夷光的馬車，抱怨道：「那人只怕是被我嚇跑了，自慚形穢，不敢再出現。」

孟夷光斜睨他一眼，笑罵道：「幼稚。等見到六姊姊、六姊夫他們一家，你可要收斂一些，他們與你不熟，別嚇著他們啊。」

裴臨川點頭道：「我都聽妳的，就算生氣了，也不說話。」

孟夷光又笑起來，掀開車簾往外看了看，勸道：「阿爹又來了，你快下去，別氣著他。」

裴臨川氣悶不已，卻又捨不得她為難，只得又跳下去，回自己的馬車。

一行人在傍晚時分終於趕到廬州城，虞崇親迎出二里外。

孟夷光也下車施禮打招呼，見他身形中等，五官端正俊朗，眼角周圍有淡淡的青影，神色略微疲憊。

身為一方父母官，卻不見驕矜傲慢，仍舊斯文和氣，叉手與他們見禮。

虞崇幼年喪父，與寡母連氏相依為命，天資聰穎，勤奮好學，在二十歲時高中進士。

老神仙見他為人沈穩大度，沒有亂七八糟的習性，家境雖清貧卻人口簡單，衡量之後將六娘許給他，又補貼銀子給六娘，讓她拿去替他打點。

因他本身能力出眾，再加上孟家暗中相幫，又藉助改朝換代之機會，年紀輕輕便官至廬州知州。

「下官參見國師。」虞崇見到裴臨川從馬車上下來，緩步走到孟夷光身後站定，雖然訝異卻不動聲色，待她小聲介紹之後，叉手恭敬施禮。

「嗯。」裴臨川只輕輕應了聲。

孟夷光無奈，他這樣已經給足她面子，要是在以前，根本連馬車都不會下，更別說理會了。

虞崇從孟六娘處聽過一些小姨子之事，對裴臨川也有所耳聞，他位高權重，本就清冷不近人情，自然不會介意他的冷淡。此時，見兩人如同神仙眷侶般站在一起，定是中間有什麼誤會，此處寒冷也不宜多說，忙招呼大家上馬車，進城往他們在廬州住的宅子駛去。

因有裴臨川一同前來，孟夷光他們一行人護衛、嬤嬤、丫鬟眾多，不方便住進府衙，崔老太爺在廬州有買賣，置辦了一處三進清幽小院，離府衙也不過三、四里路，這次他們前來，便讓他們住到這邊。

孟六娘早就差人來打掃安排，此時她的陪嫁崔嬤嬤也等在門口，見到崔氏他們，忙激動著上前見禮，還未說話已經哭了起來。

崔嬤嬤本是崔氏的陪嫁丫鬟，後來做了孟六娘的奶嬤嬤，一直看著她長大，出嫁時也跟她去，兩人許多年未見，崔氏也紅了眼，傷感不已。

虞崇領著孟季年與裴臨川去前院。崔嬤嬤在前，迎著崔氏與孟夷光去後院。淨房裡早備好熱水，她們前去洗漱出來，坐在榻上喝了口茶後，崔氏忙不迭地問道：「六娘與阿鑾可好？」

孟夷光喝著茶，卻不動聲色看著崔嬤嬤。按理說，孟六娘雖然懷了身子不宜長途奔波，可府衙離宅子這般近，他們又遠道而來，她怎麼捨得不前來早些見到父母和妹妹。

崔嬤嬤眼眶一紅，環顧一下四周，崔氏沉下臉，揮手斥退屋子裡的嬤嬤丫鬟，她方才哽咽道：「夫人，六娘見了紅，躺在床上不能動彈，大夫說，不知孩子還能不能保得住。」

崔氏大驚道：「什麼？究竟怎麼回事？」

「先前姑爺在，我也不好說，這都是六娘她婆婆，不知聽信了誰的混帳話，聽說六娘肚子裡懷的是女兒，去買了換子藥，說是偷偷吃了以後，就能不知不覺將女兒變成兒子。她將藥下在六娘平時吃的補品裡，沒多久六娘就上吐下瀉，折騰了一整晚，才堪堪保住性命。」

崔氏又氣又怒，罵道：「都是死人嗎？她能將藥下在六娘補品裡，要是有人起了歹意，六娘豈不是連命都沒了？」

崔嬤嬤自責不已，抹著眼淚道：「平時府裡後院也清靜，姑爺身邊就六娘一人，老夫人身邊只有個遠房姪女連慧娘來投奔她。慧娘也規矩守禮，在自己的院子中極少出來，見到姑爺也會知趣避嫌，千防萬防，誰會想得到老夫人會做出這些事來。」

孟夷光盯著崔嬤嬤道：「那六姊夫可知此事，他可有什麼說法？」

「姑爺當即對他阿娘發了大火，可那是他親娘，他只臉一沈，老夫人就哭得肝腸寸斷，捂著胸口說都是她的錯，不能為虞家多生幾個兒子，如今盼著媳婦多生幾個，待死後也有臉去見虞家的列祖列宗。姑爺也被她哭得沒辦法，一邊要守著六娘，一邊還要去管他倒在床上稱病不起的阿娘。」

孟夷光理解虞崇夾在中間左右為難，怪不得他會疲憊至此，處理婆媳之事只怕比他處理一州政務還要棘手。

她微一沈吟，當機立斷道：「阿娘，我們去府衙看看六姊姊，國師醫術高明，帶上他去給六姊姊診治，現今也顧不得規矩了。」

崔氏惦記著六娘的身子，哪還會去管那些規矩，忙站起來，喚來嬤嬤將備好的禮物帶上，又差人前去告知虞崇，再叫上裴臨川與孟季年，一行人馬不停蹄趕去府衙。

孟六娘肚子裡的胎兒，早已沒了心跳。

裴臨川施針後開了方子，丫鬟熬來藥，孟六娘喝下去後不久，腹痛如絞，連聲慘叫著排下了死胎，屋子裡一盆盆血水端出來，院子上空都籠罩著一層血腥之氣。

「好了。」裴臨川又診過脈，站起身道：「調理個十年、八年，興許還能再生。」

崔氏哭得不能自已，孟夷光攙扶著她到矮榻坐下來，又去看躺在床上面無血色的孟六娘。

孟六娘雙眼無神盯著帳頂，眼淚從眼角溢出，喃喃地道：「我不生了，再也不生了。」

外間正屋裡，孟季年黑沈著臉不說話。虞崇眼神晦澀，無力地耷拉著腦袋，整個人像是被抽去精氣神，緊張地看著臥房門，見裴臨川走出來，手撐著榻邊幾次要站起來，卻又無力地跌坐回去。

「孩子沒了，人不會死。」裴臨川眉頭微擰，不解地道：「怎麼會有人這般傻？世上哪有換子藥？」

虞崇渾身一震，心中最後的希冀退去，眼神呆滯，怔怔出神。

另一邊，連氏居住的正院裡，她原本躺在床上捂著胸口直哼哼。

連慧娘伺候在一旁，難過地道：「姑母，孟家親家一行人已到府衙，聽說表嫂腹中的胎兒沒了。」

「什麼？」連氏驚得胸口也不痛了，立即翻身下床往外跑。

連慧娘忙拿起披風追出去，急道：「姑母，外面天寒，別凍著了。」

阿鑾在外間蹦跳著瘋玩，見祖母跑，他也咯咯笑著跟著跑，丫鬟又忙不迭去追，俯下身去抱他，卻被他伸手抓在臉上，尖聲道：「放開，讓阿爹砍妳頭！」

丫鬟臉上吃痛，不敢再惹這個小祖宗，忙將他放在地上，他又喜笑顏開追上去。

孟六娘換了一身乾爽衣衫，床上被褥全部換過，又開窗戶透氣一會兒，屋子裡的血腥味才散去許多。

崔氏打起精神，坐在床邊的軟凳上，握著她的手安撫道：「小六，妳別傷心，先養好身子要緊。」

孟六娘想笑，卻忍不住淚盈於睫，喃喃道：「阿娘，以前妳說做小娘子千般萬般好，嫁人後才是苦日子的開始，那時我還不懂……」

孟夷光跟著心酸不已，孟六娘只怕不只是為了孩子，這成親後的日子估摸著也不那麼好過。

他們來了這麼久，連氏沒有露面，說怕阿蠻過了病氣，不讓他到孟六娘屋裡來。

崔氏愣了下，隨即沈聲道：「連氏可有苛責妳？」

孟六娘淒涼地笑了笑，輕輕搖了搖頭。「她沒有苛責我，只是我累了。」

崔氏神情困惑，孟夷光瞧在眼裡，忙道：「阿娘，六姊姊累了，就讓她先歇息一會兒，我們先出去。」

孟六娘疲憊地閉上眼，這時屋外嗚嗚的哭喊聲伴隨著幼童的大聲尖叫傳來，她緩緩睜開眼，眼神空洞又絕望。

門簾猛地被掀開，連氏哭著撲進來，傷心大喊：「我的孫兒啊，先前不是還好好的，怎麼一下就沒了？哪裡請來的庸醫害了我的孫兒啊！」

崔氏見她一進來就只顧著自己的孫兒，對孟六娘不聞不問，對自己也視而不見，陰沈著臉，冷眼盯著她，厲聲道：「哭喪呢，阿蠻不是還好好的！」

連慧娘恭敬地屈膝施禮，歉意至極，勉力笑了笑，扶起連氏，勸解道：「姑母，表嫂小產本就難過，妳讓她歇息一會兒，待她養好身子，再給妳生十個、八個孫兒。」

孟夷光靜靜打量著連慧娘，她面容清秀，腰身纖細不盈一握，淡雅溫婉，話語輕輕柔柔，卻句句說在連氏的心上。

連氏順著連慧娘的手站起來，像是這才見到崔氏她們一樣，屈膝見禮。「崔妹妹，妳這麼遠來，我身子不好也未能遠迎，妳千萬別怨我失了禮。」

她又轉頭看向孟夷光，直接上下打量著她，不解地道：「這是九娘吧，先前見著妳還稚氣未脫，現今這通身氣派，我都不敢相認了。唉，妳這成親才半載的，怎這麼快就被夫家休回家？我當時就聽了一耳朵，阿崇下令不許府裡的人議論亂傳話，說妳與夫君是和離，可這不是皇上賜婚嗎，怎麼又能和離呢？」

孟夷光倒不生氣，只淡淡看著她，崔氏卻惱怒至極，上前一步就要開罵。這時門簾被一隻小胖手掀開，虞崇抱著阿鑾走進來，他愣愣看向孟六娘，神情難過又悔恨。

崔氏見阿鑾虎頭虎腦，一雙肖似孟六娘的鳳眼，正靈活亂轉，心裡一熱，哪顧得上連氏，忙上前兩步，慈愛地道：「這可是阿鑾，快讓外祖母抱抱。」

阿鑾看也不看崔氏，扭著胖乎乎的身子從虞崇身上滑下來，奔到連氏身邊，奶聲奶氣地道：「祖母，走，回去，要騎馬，騎馬玩。」

連氏忙將他攬在懷裡，又看著虞崇，大聲道：「哎喲，婦人小產過，屋裡盡是污穢不吉利，你怎麼能進來？」她抱不動阿鑾，招呼著靜靜站在一旁的連慧娘。「慧娘快來將阿鑾也抱出去，他人小，可別將病氣過給他。」

崔氏神情漸漸淡下來，連慧娘上前去抱阿鑾。

孟六娘啞著聲音，冷冷地喚道：「阿鑾。」

阿鑾小身子一抖，忙推開連慧娘的手，規規矩矩走到床邊，垂下小腦袋，怯怯喚了聲。「阿娘，我想去玩。」

孟六娘仍舊沈著臉看著他。「我教你的規矩呢？有沒有跟外祖母、九姨母見禮？」

阿鑾笨拙地轉身，叉著小胖手歪歪扭扭施了禮。連氏臉色又焦急又難看，看著他行完禮，忙大聲道：「好了，慧娘帶阿鑾出去！」

孟夷光見虞崇呆呆站在一旁，眼神只在孟六娘身上，心下嘆息，也不去看連氏的臉色，走到阿鑾身前蹲下來，笑著握住他的小手。「阿鑾，我們帶了許多好玩好吃的給你，我帶你去看好不好？」

阿鑾一聽有好吃好玩的，咧開小嘴笑得歡快無比，點頭道：「好呀，我全都要。不給，讓阿爹砍妳的頭！」

孟夷光眉心微皺，卻沒有說什麼，站起來眼神從連氏與連慧娘身上掃過，語氣凌厲。「都出去吧，讓六姊姊好好歇息一陣。」

虞崇這才如夢初醒，靜默片刻終是無言，轉身大步往外走去。

連氏見孟六娘不但當面駁了自己的面子，根本看都不看自己一眼，自己的一片好心卻落了埋怨，又痛惜著沒了的孫兒，自不願意繼續在這裡待下去，當即一扭頭轉身就走。連慧娘也沈默不語，緊跟在她身後。

崔氏瞧著這一團亂，總算有些明白孟六娘先前的話。親事是結兩姓之好，可這兩姓相差太大，結的就不是好，糊塗的好比純粹的壞還要讓人難以忍受。

崔氏心下嘆息，上前掖了掖孟六娘的被褥，柔聲道：「小六，睡吧，阿爹阿娘都在，定不會讓妳吃虧了。」

孟六娘輕輕應了聲，眼淚從眼角汨汨溢出，崔氏定定站了一會兒，也不去勸，由著她去，哭出來總比悶在心裡好。

第五十章

正屋裡，連氏坐在上首，連慧娘恭敬地立在她身後。

連氏眼神直在端坐著的裴臨川身上打轉，好半天才開口道：「這位後生長得可真俊，可瞧著眼生，你是哪家的親戚？」

裴臨川只抬頭淡淡掃了連氏一眼，她霎時後背一涼，忍不住打了個寒顫，哆嗦著嘴唇，終是沒膽再開口。

虞崇看向連氏，眼含祈求。「阿娘，妳不是身子不適嗎？回妳的院子去歇著吧。」

連氏臉一沈，惱怒地道：「你這是什麼話，你岳父、岳母遠道而來，我豈能避而不見？虞家又不是那沒規矩的人家，沒得讓人看笑話。」

孟夷光陪在阿鸞身邊，從箱籠裡拿出小玩意兒逗他，此時站起身來，看著虞崇道：「六姊夫，府裡發生這般大的事，府裡忙，我們人多也不宜久留，就先回去了，也好讓你有時間查個清楚，究竟這換子藥是怎麼回事。」

連氏神情變了變，嘴角泛起譏諷的笑。「九娘子這是何意？換子藥可不止六娘一人服用過，有好幾家的小媳婦吃了一點事都沒有，也生下大胖小子。不知你們從哪裡請來的庸醫，說是她胎兒沒有胎心，硬生生用藥弄死我孫兒，我還正想問呢！正好大家都在，就一併問個清楚，這麼大的罪名落在我頭上，我可擔待不起。」

裴臨川與一群陌生人坐在屋子裡，早就煩躁不已，看在孟夷光的面子上，才隱忍沒發，這時聽到連氏連連犯蠢，居然敢對孟夷光出言不遜，眼神如刀帶著寒意，冷聲道：「蠢貨，再胡說，打爛妳的嘴！」

連氏嚇得臉色煞白，虞崇閉了閉眼，壓下心裡深深的無奈，站起身來向裴臨川施禮致歉。「家母無知無禮，還請國師見諒。」

國師？

連氏懼怕更甚，國師的大名全大梁無人不知，沒想到前來給孟六娘看診的人居然是他。

連氏渾身瑟瑟發抖，坐在椅子上如坐針氈，悔得腸子都青了。

國師位高權重，他會不會一怒之下向皇上進言，罷掉自己兒子的官？

自己的兒子聰穎過人，雖說娶了高門媳婦，可也沒有沾著什麼光，自己倒要處處看她臉色。兒子就算爭氣當上一州的父母官，可還是怕岳父家，一直不敢納妾。

虞家可不是以前那個清貧之家，全廬州上下誰不恭維著自己？都說打虎親兄弟，就阿蠻一個孫兒，以後出仕當官，有親兄弟互相扶持，總比一個人單打獨鬥的好，為何他們都不能體諒自己的一番苦心？

連氏神色變幻，心裡想了很多，埋怨都快噴薄而出，卻見著面無表情坐在那裡的裴臨川，還有一旁神色不豫的孟季年，將怨氣又生生嚥回肚子裡，終是沒敢噴出來。

裴臨川看也不看虞崇，對孟夷光伸出手，溫聲道：「回吧。」

孟夷光摸了摸阿鑾的頭髮，對跟在他身邊的丫鬟道：「帶他去洗漱，就讓他歇在六姊姊的院子裡。六姊姊身上沒有病氣，她只是中了毒，女人小產也不髒，不用避諱。」

丫鬟為難地看了一眼連氏，見她臉色鐵青緊抿著嘴不說話，忙又低下頭恭敬地道：「是。」

阿鑾往常早就已經睡覺，今天玩得久了些，此時也已睏倦，小腦袋點來點去打瞌睡，也不反抗，由著丫鬟將他抱去歇息。

孟季年一直沒有說話，此時看著虞崇道：「當年老神仙看中你，說實話我是不太願意，自己的兒女自己疼，她嫁給你，定要遠離京城，我們做父母的不能時時看著她，總怕她吃虧。如今看來，她是受了天大的委屈，吃了天大的虧。你有雄才大略，想在仕途上有所作為，可也不要忽略妻兒，家不穩何以穩天下？」

虞崇嘴裡苦不堪言，垂手恭敬聆聽，不停稱是。

孟季年看了他一眼，沒再說話，轉身大步往外走去。

一行人走出府衙，上了馬車，孟夷光累到極點，靠在車廂上養神。

裴臨川伸出手，輕揉她的太陽穴，心疼地道：「以後再也不去府衙，他們都很討厭。」

孟夷光睜開眼，嘆道：「可六姊姊在府衙啊。她離得遠，寫信回來時也報喜不報憂，從來不說她的難處，我們不到廬州，哪能知她的處境。」

裴臨川有些不解，問道：「為何會為難？」

孟夷光輕笑，細細解釋道：「你看啊，六姊姊的婆婆，早年喪夫，辛苦將兒子拉拔大，兒子出息了，總算熬出頭，又當了大官。先前娶了六姊姊吧，覺得娶了高門媳婦，定會不自覺在她面前低上一頭，可隨著兒子的官越做越大，六姊姊這個高門媳婦，在她眼裡就越發不是滋味，總想著要壓她一頭。

「可六姊姊性子本來潑辣，又怎麼肯？再說了，她婆婆眼界見識都窄，蠢而不自知，哪能當家理事？還有阿蠻，被她寵溺成了個霸王，六姊姊只怕早已被氣得半死。唉，估摸著要不是她看在六姊夫的分上，早就鬧得不可開交。」

裴臨川的手從她太陽穴上拿下來，又揉著她虎口的合谷穴，他沈吟片刻道：「女人生孩子辛苦，以後妳願意生就生，不願意生就不生，生兒生女都沒有關係。」

孟夷光臉紅了紅，瞪著他道：「什麼生孩子不生孩子的，我們在說六姊姊呢。」

裴臨川眼角含笑，輕聲道：「反正我捨不得妳受一丁點苦，就算以後有了孩子，也讓他自己過，就我們兩人在一起，廝守到老。」

虞崇下令徹查究竟是誰在連氏面前進讒言，不久，連慧娘就主動上門求見。

他還有些詫異，這個遠房表妹來投奔之後，從來都是安安靜靜待在自己的院子裡，平時偶爾在連氏的院子裡能打個照面，幾乎連話都沒有說上幾句，她這時找上門來又是為了何事？

連慧娘進門施禮後，就雙膝跪地，連著磕了幾個響頭，虞崇疑惑更甚，有些莫名其妙地看著她，甚至忘了叫她起來。

「表哥，這一切都是我的錯，先前聽說表嫂有身孕，與嬤嬤閒聊時，隨口說起以前聽到一些有關懷孕生子的奇聞，沒想到我隨口的幾句話，傳到了姑母耳裡去，害了表嫂。這些天我輾轉反側，夜不能寐，想著將此事說出來，可我又害怕。我孤苦無依，要是失了虞家這個庇護之地，不知會流落何方。」連慧娘眼眶通紅，面容憔悴不堪，卻仍神情堅定，不疾不徐地說道：「可表嫂待我不薄，我雖是無心之舉，卻仍然間接害了她，又豈能只顧著自己，裝作什麼都不知道。表哥，事已至此，我不求你們能原諒我，只是說出來後，我能求個心安。」

她似乎長長鬆了口氣，又重重磕了一個頭。

虞崇心思複雜至極，連氏的生辰快到了，連慧娘最近在忙著給她繡新衫。他前去給連氏請安時，不止一次聽到她抱怨，順帶誇讚連慧娘孝順，成日在自己院子裡低頭繡花，這麼多年了，孟六娘連羅襪都沒有給她做一雙。

可這一切事關重大，他定了定神，問道：「妳閒聊時，都有哪幾個婆子在場？」

連慧娘臉上帶著淒涼的笑，搖了搖頭。「我也沒有注意，就是順口一說，根本沒有放在心上。表嫂那裡我亦會親自去賠罪，這些年在府裡靠著你們心善，年節時打賞出手大方，我也存下了幾個銀子。這事之後，再無臉再留在府裡，只求你們給我些時日，出去尋得一處安身之所就立即搬出去。」

虞崇雖滿腔的怒氣，卻不知該如何發洩。

這一切的根源都在連氏，她一心要兒孫滿堂，才會走火入魔去信了這些無稽之談。

他頹然半晌，悶悶地道：「妳下去吧。」

連慧娘又恭敬地磕了一個頭，起身退了出去。

連氏半倚靠在軟榻上，一想到自己沒了的孫子，就悶得喘不過氣。阿蠻又待在孟六娘的院子裡，沒有金孫在身旁，她更覺得心像缺了一塊，痛得受不住。

孟家人太囂張，阿蠻是虞家的孫子，自己憑什麼不能養在跟前？

連氏眼裡怨恨更深，才要站起身去找阿蠻，見門簾被掀開，連慧娘紅著眼走了進來，她忙心疼地道：「慧娘這又是怎麼了？」

連慧娘撲到她膝下，哭得傷心欲絕，抽噎著斷斷續續說道：「姑母，表哥在下令嚴查是誰多嘴提到換子藥的事，我這才記起來，前些日子與婆子們閒聊，隨口提了一嘴。我哪裡懂這些，只是見那些小媳婦最後都生了大胖小子，覺得新奇而已，沒承想卻犯了這麼大的錯，不僅連累姑母受孟家人指責，表嫂也因此不能生養。姑母，我要去表嫂面前磕頭，她原不原諒我都沒有關係，只是以後我不能在姑母面前盡孝了……」

連氏一開始還不以為意。小媳婦吃了換子藥拜了菩薩，生了白白胖胖大小子的事，她又不是沒聽過，只是她一時沒有想起來，聽到身邊的婆子跟小丫鬟閒聊時，才想到有這回事，這又怎麼能怪連慧娘呢？那些婦人吃了都沒事，就偏偏孟六娘金貴。

娶這麼一個媳婦，懷阿蠻時，就這樣不能吃，那樣要忌口，阿蠻生下來才不到六斤，還哭叫得慘烈。

當年她生阿崇時，前一刻還在地裡拔草，肚子痛沒一會兒，下一刻回到家裡就順順當當生下來了。

等等，慧娘說了什麼？孟六娘再也不能生養？

連氏只覺得眼前發黑，扶住榻几，顫巍巍尖聲問道：「慧娘，妳說什麼？她再也不能生養？」

連慧娘猛地搖頭，眼淚紛飛，驚慌失措地道：「我沒說，我什麼都沒說……」

連氏卻不相信，站起來往外走，厲聲道：「不行，我要去問個清楚明白！」

連慧娘愣了下，忙起身跌跌撞撞跟在她身後，一同來到孟六娘院子。

孟夷光與崔氏一大早就來了府裡，孟六娘吃過藥歇息了一晚，精神已好了許多，微笑著看她們逗阿鸞玩。

此時，連氏不管不顧地闖進來，鐵青著臉大聲質問。「妳不能再生養了？」

孟六娘抬眼看過去，淡淡地道：「是。」

連氏臉色煞白，像是被掐住脖子般，淒厲而急促的聲音從喉嚨裡擠出來。「不能生養，不能生養，哎喲，我苦命的兒啊！」

連氏不停在屋子裡轉著圈，然後捂著臉嚎啕大哭。

連慧娘流著淚去抱住她，勸道：「姑母，妳別哭了，表嫂也會跟著傷心，妳不是有孫子了嗎？妳看阿鸞多乖巧伶俐。」

阿鸞被連氏的癲狂嚇住，直往崔氏懷裡鑽去，抽噎著道：「外祖母，我怕。」

崔氏冷眼看著連氏發瘋，將阿鸞攬在懷裡，不停拍著他的後背哄他，又喚來嬤嬤將他抱出去，冷聲對丫鬟道：「去將虞崇給我叫來！」

丫鬟忙不迭應下，連慧娘見勸不動連氏，又轉身撲到孟六娘床前，「咚咚」磕了幾個響頭，哭道：「表嫂，都是我不好，與婆子們閒聊時提了一嘴換子藥之事。姑母又求孫心切，被錢財迷了眼的婆子騙去，才下了這麼一個昏招。表嫂，我對不起妳，如今妳不能生養，都是我的錯！」

孟六娘慢慢地往床背上靠了靠，恍然大悟般，嘴角露出一絲譏誚。她又不是傻子，什麼叫閒聊時提了一嘴，要說府裡最了解連氏之人，非連慧娘莫屬。

孟六娘眼神冰冷，嘲諷地道：「哦，那妳要怎麼彌補妳的錯誤呢？」

連慧娘哭得不能自已，她不作聲站起來，恭敬地屈膝施禮，飛快地回轉身，大聲道：「我知道妳恨我，我亦不怪妳，就一命還一命吧！」

第五十一章

虞崇急匆匆進屋，聽到連慧娘的哭喊，然後屋子的牆似乎晃了晃，連氏的尖叫聲響徹屋頂。

「慧娘，妳不要死啊！慧娘，這哪能怪妳？」

虞崇衝進屋，只見連慧娘軟軟靠在牆壁上，額角鮮血糊滿了臉，連氏正抱著她大哭。

崔氏與孟夷光神情淡漠地站在一旁，丫鬟婆子們也被眼前的變故驚呆住，縮手縮腳不敢上前。

虞崇大吼一聲。「妳們是死人嗎？快去搭把手將她扶出去，請大夫前來診治！」

丫鬟婆子忙上前，連氏見連慧娘血流不止，指著屋角的貴妃榻道：「別動她，就放在這上面。」

孟六娘冷哼一聲，拔高聲音道：「把那榻給我扔出去！」

崔嬤嬤沈著臉，上前抬起榻腳，丫鬟見狀也幫忙將另外一腳抬起來，幾人抬著貴妃榻走出去。扶著連慧娘的丫鬟見榻被抬出去，忙扶著她跟上前，她額角的血流在地上拖出一道長長的血痕，觸目驚心。

連氏氣得眼前一黑，再也忍不住，指著孟六娘大罵。「黑了心肝的東西，對自家親戚見死不救，虧得她叫妳一聲表嫂，自己金貴不能生養，倒把氣撒在不相干的人身上。妳看到她死在妳跟前才滿意是不是？她都給妳磕頭了，妳還不放過她，妳是不是成心要逼死她？」

虞崇臉色黑沈如鍋底，上前抓住連氏的胳膊往外拖，沈聲道：「阿娘，夠了，不要再說了！」

連氏又氣又怒，這些時日聚集的滔天怒火瞬時全部爆發，拚著全力掙脫開虞崇，指著他的臉大罵道：「你也是個不孝的東西，有了媳婦就忘了老娘，媳婦說什麼就是什麼，你娶的哪是媳婦，你娶的是個祖宗！就她孟家了不起，生不出孩子來也不許人納妾，你今天就給我一句準話，她既然不能再生，你是不是還要守著她一個？」

虞崇心力交瘁，年前政務繁忙，後宅又鬧得不可開交，他疲憊地閉了閉眼，靜靜道：「阿娘，我不會納妾，我已有了阿蠻，養好他已足矣，妳不是也只生了我一個嗎？」

連氏恨得臉色瞬間扭曲，抬起手用力一巴掌揮到虞崇臉上，淒厲地道：「混帳東西，你為了討好你的高門媳婦，就這樣來戳你親娘的心？我為何不能生養，當年家裡一貧如洗，生了你第二天就要下地幹活，換些白米來熬米湯餵養你，月子沒坐好傷了身子再難有孕。

「你阿爹去得早，我累死累活供你讀書，累得吐血也不敢停下來，生怕付不起先生的束脩，耽誤了你的前程。現在你有了出息，我心想總算對得起虞家列祖列宗。可我錯了，等我死了，你一把火把我燒了，別葬在虞家祖墳裡，我沒臉啊！他爹啊，我沒臉去見你啊！」

虞崇神情恍惚，聽著連氏撕心裂肺的痛哭，任由她晃動著自己，像是尊石像般一動不動。

他不明白連氏的痛哭，就像他不明白為什麼日子明明越過越好，家宅卻永無寧日，總是爭吵不休。

孟六娘面上浮起若有若無的笑意，緩緩閉上眼睛，彷彿視若無睹。

崔氏臉色陰沈，她萬萬沒有想到，連氏竟然這般愚蠢又愚昧。

崔氏大聲道：「來人，將老夫人抬回她院子裡去。阿崇你也去，跟你阿娘好好說個清楚明白。說不明白，你也要攔著她，別成天到小六院子裡來，要是你攔不住，我就把她接回去，她小產在床上，就沒一天清靜日子，這不是成心不讓她好過嘛！」

崔嬤嬤氣得雙眼通紅，忙上前俯身下去，手緊緊地箍住連氏的胳膊，咬牙切齒地道：「老夫人，回妳院子裡哭，要是在這裡哭病倒了，我們六娘可擔不起不敬婆婆的罪責。」

丫鬟上來幫著崔嬤嬤，用力將連氏拖出去。

虞崇雙眼一片死寂，俯身叉手施禮，轉身往外走，孟六娘卻叫住了他。

「阿崇，你坐下來，我們聊聊。」孟六娘說完，看向崔氏與孟夷光，目露祈求。

「阿娘，妳與九妹妹回去吧，把阿鸞也一併帶回去，府裡亂，我怕照看不周，有什麼閃失。」

孟夷光瞧著孟六娘臉色平靜，心裡嘆息，輕聲道：「六姊姊，我離京之前，老神仙與祖母曾千叮嚀萬囑咐，說一定要讓我把話帶給妳。孟家女兒不是嫁到別人家，就成了夫家的人，她們始終姓孟。我先與阿娘帶阿鸞回去，不管妳做什麼決定，我們都會支持妳。」

孟六娘笑著點點頭，崔氏萬般不捨地看了她一眼，才與孟夷光帶著阿鸞先行離開。

虞崇渾身落寞，坐在床前的杌子上，握住孟六娘的手，喉結動了動，半晌之後方低低說道：「對不起。」

孟六娘輕笑。「你沒有什麼對不起我，你一直很好，只是啊，阿崇，夫妻之間不是兩人恩恩愛愛就可以，這些年來，我也累了。」她停頓片刻，卻無比堅定地道：「阿崇，我們和離吧。」

虞崇渾身一震，心裡的痛意攀爬蔓延，幾乎讓他無法呼吸，他如受傷的小獸般低吼道：「不，我不要和離！我們說過要一生一世共白首，六娘，妳怎麼能反悔，妳都忘了妳的誓言了嗎？」

「阿崇，我沒有忘記，只是這一切太難了。我不能生，你阿娘定要逼著你納妾。」

孟六娘又笑，笑著笑著卻淚流滿面。「哦，對了，還有連慧娘，我想她是心氣高的女子，以前你阿娘不是沒有想過將你們湊做堆，讓你納她做妾，可她先哭著拒絕了，又來我面前表衷心，說是死都不做妾。她大致想做你的正妻吧，她以為她做得天衣無縫，可只要仔細想一想，就能看得一清二楚啊！我不願意跟她計較，只是覺得她不值得我動手，太髒。這一切源頭不在於她，是你阿娘一直想要兒孫滿堂。」

她長長呼出一口氣，彷彿要將心中的沈悶全部吐出。「你不能對不起你阿娘，你也不願意對不起我，自古萬事難兩全，再這般下去，我們就算有再多的感情，也會被搓磨殆盡。阿崇，你也累了，就放我們彼此一條生路，各自安生度日吧。」

虞崇怔怔望著孟六娘，伏在她身前，肩膀抽動，無聲地痛哭。

連慧娘的院子裡，清幽靜謐。

虞崇第一次走到這裡，見著嶄新的紅瓦綠牆，恍若記起連氏對他說過，快要過年，這裡雖然是衙門的宅子，可也要圖個喜氣，後宅應全部粉刷一新。

當時孟六娘說，粉刷的味道太重，明年他說不定會升上一升，去大一些的州府任職，修葺這裡倒浪費銀子不划算。

連氏當場拉下了臉，說不過是幾個大錢，他又不是出不起，沒得讓人看了笑話。孟六娘不願意與她爭吵，只得招來匠人將後宅全部粉刷一新，連氏臉上才又重新見了些笑意。

虞崇胸腔起伏，只想大笑一場，他真是出不起。

節禮、年禮，官員之間走動，這些都需要大筆的花銷，他的那點俸祿，拿出去打點都不夠。雖然也有下面的孝敬，可有些能收，有些不能收，一不小心行差踏錯，就算是孟家能保他，他也不願意做出對不起自己本心之事。

「表哥。」連慧娘額頭纏著布巾，吃了藥之後正靠在床上歇息，聽到丫鬟的請安聲，忙睜開眼，掙扎著要起來行禮。

虞崇面無表情看著她，語氣不高不低，平平地道：「跟妳說閒話的人，是廚房的李婆子，她的女兒在阿娘身邊當差。李婆子嘴碎，妳經常會去廚房跟她說話，都是她說妳聽，妳偶爾會說幾句。換子藥之事經李婆子女兒的嘴，傳到阿娘耳朵裡，阿娘讓她女兒去買了藥，又將藥交給李婆子，放到六娘的補品裡。

「那天妳去過廚房，突然驚叫說看到老鼠，李婆子怕髒了飯食，惹來六娘責罰，忙去追趕老鼠，找了半晌也沒有找到才作罷。妳乘機在六娘的補品裡加了一味藥，與原本的藥性相剋，六娘才會中毒。」

連慧娘原本的冷靜不見蹤影，她神色幾經變幻，輕聲道：「我來府裡時，不過是想求得一個安身立命之所，從來不敢癡心妄想。姑母說讓我做你的妾，我拒絕了，又去求表嫂，你猜她如何？她高高在上，憐憫至極地看著我，像是看著一隻螻蟻。她不過是仗著自己的好出身，就將人看得如此低賤。打賞？哈哈哈，好一個打賞。」

她眼神瘋狂，大笑道：「我也是清白人家的女子，不是府裡的下人，更不曾賣身給她為奴為婢。她隨手打賞我一些不用的釵環，就拿我當繡娘用，姑母的衣衫鞋襪全部由我繡，我年紀輕輕，眼睛都快熬瞎了。

「府裡的下人因為她是主母，都奉承著她，憑什麼呢？我為什麼不能嫁給你做正妻呢？要是我做了你的妻子，她成了個棄婦，還敢在我面前耀武揚威嗎？我不想讓她死，只想讓她生不如死！」

虞崇眼神冰冷，只淡淡吐出兩個字。「瘋子。」

他不再看她，轉身走出去後，強壯有力的婆子走進來。

連慧娘瞳孔猛縮，拚盡全力往後退，揮舞著手尖叫道：「妳們要做什麼？嗚……咳咳……」

虞崇停住腳，聽到屋子裡沒了動靜，又大步向前，去到連氏院子。

連氏額上裹著布巾，正躺在床上呻吟，一會兒哭一會兒罵，見到虞崇進來，目眥盡裂地指著他吼道：「滾出去，沒良心的東西，你是想來氣死我嗎？」

虞崇目不斜視走到她床前，揮退屋內的丫鬟婆子，平靜地道：「我每月俸祿加上添給，不過區區二百兩出頭，這還是做了知州的俸祿。以前做縣官之時，俸祿更不值得一提，前朝窮，官員的俸祿還經常被剋扣不能按時發放。

「妳見到六娘穿了緙絲衣衫，妳說這個料子好，以後妳也穿這個料子，一兩緙絲一兩金，用金子堆起來的料子當然好。六娘也從未說什麼，她嫁妝豐厚，又不是穿不起。

「跟我同年的進士，還有多少人在苦寒之地熬資歷，我卻步步飛升，做到一州之首。妳真以為我有經天緯地之才嗎？全大梁上下，比我厲害的有識之士比天上的星子還要多。六娘從不藏私，拿嫁妝銀子補貼我去上峰處打點，一年四季的節禮，全部是她拿出的銀子。

「孟家更是在背後全力支持我。孟家百年清貴之家，妳真以為以前孟家人不出仕，就沒落了嗎？如今孟老太爺身居丞相之職，妳卻還是看不起，覺得我以後能比他還厲害。哈哈哈哈，阿娘，多謝妳這麼看得起妳兒子。」

連氏怔怔看著他，心裡湧上莫名的恐慌，嘴唇嚅動，卻半晌都發不出聲音。

「妳是我阿娘，我怎麼能不孝順妳？我寫了放妻書給六娘，以後一別兩寬，各生歡喜。這個官我也當不下去了，我們回去老家，種上幾畝地，收些糧食總能有口嚼用，像是以前妳養我那樣，全心全力奉孝跟前。」

連氏喉嚨像是漏風一般，呼呼作響，雙眼瞪得滾圓，難以置信地看著虞崇，顫抖著手指著他。「你……你……」

虞崇轉身往外走，到門口又回頭道：「喔，還有阿蠻，我讓六娘也一併帶走了，六娘答應我不會給他改姓，他終是姓虞，以後下去見到列祖列宗，也不至於說斷了後，沒臉見他們。」

連氏捂著胸口，尖聲痛苦嚎叫，一口氣上不來，眼一黑便暈了過去。

第五十二章

陽春三月，春風撲面。

船穩穩行駛在河面上，已遠遠能瞧見前面碼頭的蹤影。

阿鑾坐久了船，由最初的新奇變成無聊，每天都會哭鬧幾次，吵著要下去玩。所幸他身子好，又有裴臨川在，一路上沒有生病，平平安安到了京城。

孟六娘將他抱在懷裡，哄他道：「馬上就可以下船啦！待回到外祖母家裡，讓十舅舅帶著你去玩好不好？」

「好。」阿鑾聽孟六娘說過無數次的十舅舅，心裡早就好奇不已，又瞬間打起精神，從她身上滑下來，去玩自己的小木馬。

孟六娘鬆了口氣，自從她從府衙搬出去後，一開始換了住處，阿鑾還感到新奇，沒有問起虞崇與連氏，過了幾天之後，一直沒有見到他們，阿鑾開始每天都會問上好幾次。

孟六娘神情有剎那的恍惚，他們上船時，曾在碼頭見到虞崇的身影，雖然只是一閃而過，不過她確定那是他。

兩人只能說是情深緣淺吧。

孟夷光走進來，見到阿蠻又活蹦亂跳一刻不停的模樣，笑著道：「阿蠻這精力真是好，當初阿爹一上船就暈了個天昏地暗，他倒一點事都沒有。」

孟季年沒有回京城，直接從廬州前往青州，這時估摸著已經出發去北疆。

孟六娘盯著丫鬟婆子收拾包裹，笑著招呼她，道：「阿娘呢？妳們的東西可都有準備齊全？」

「阿娘早就收拾好了，迫不及待等著下船，說是怕小十久等又要哭了。」

孟夷光說完，孟六娘也忍不住笑。

與孟季年分開時，孟六娘哭得一塌糊塗。崔氏卻只是眼眶微紅，這一路上也沒有聽她念叨孟季年，倒是一直念著孟十郎。

孟六娘見這出落得越發明豔的妹妹，心裡百感交集。

孟家兩姊妹都和離歸家，她們真是有幸生在孟家，多少家族為了臉面與利益，就算女兒嫁出去過得再不好，也只能打落牙齒和血吞，哪能想和離就和離。

孟六娘又操心起妹妹，這一路上裴臨川可是天天纏著她不放，在外面還好，可回到京城之後，他們又當如何相處？

「小九，回到京城後，皇上會不會為難你們？」

孟夷光笑道：「有國師在呢，外面的事且由他去擋著。」

京城最近很熱鬧，只怕皇帝也焦頭爛額，沒有閒心來管她與國師之事。

春闈還有大半個月，貢院起火，房屋被燒掉一大半。

除了皇帝錯愕，早早趕到京城的考生也全體傻眼。

這可是大梁的首次春闈，卻遇到這樣不吉利之事。士子中隱隱有傳言，是皇帝德行不修，引起上天震怒，甚至有不怕死的御史，上書要皇帝下罪己詔，承認是因為他的錯誤，導致天降大火，燒了代表文氣的貢院。

皇帝震怒，將御史恨得牙癢癢，卻又不能殺了他，還得強笑著安撫。

他將負責此次春闈的太子與趙王一同叫來，先罵了個狗血淋頭，再下令徹查此事，最後卻沒有得出個所以然。

太子被指派去協助趙王，他雖然在皇帝面前不敢抬頭，在幾個相爺面前也恭恭敬敬，對趙王這個弟弟卻打心底討厭與看不起。

從小到大，皇后都對他說，趙王不過是個庶子，他是嫡長。嫡庶有別，在草原上的部落裡，好多庶出的兒子跟奴隸沒什麼區別。

趙王在幾個兄弟中，讀書上最有天分，當時太子卻不以為然，直到皇帝登基後，他才開始察覺到，現在兄弟之間已不像以前，爭的不是幾間房幾畝地，爭的是大梁天下。

對於皇家來說，嫡庶並沒有那麼大的區別。

當初皇上要立太子時，他還成日擔憂，皇上會不會立趙王為太子，皇后卻悄悄告訴他，讓他且放寬心，太子之位只能是他的。

她曾經偷偷聽到過，皇帝在立太子之前，去問過先生，先生說依著天命，當立嫡長。

他聽說是先生所言，頓時放了心，皇上從不會駁斥先生的主意。

皇上冊封太子的詔書下來，他果然入主東宮，從那以後，更未將趙王放在眼裡。

他是天定之選，趙王就算再才學過人，以後還是照樣得對自己三跪九拜。

皇上讓太子幫著趙王協理春闈，王相曾細細叮囑他無數次，切莫去結交文人，更不要去參加那些文會，只管放手讓趙王出頭。

太子一直聽王相的話，他連完整的策論都寫不出來，也知趣不前去丟臉，從不參加那些詩會、文會。

趙王經常與各地來的考生們，相邀著今日這裡鬥文、明日那裡作詩，漸漸地，趙王在士子文人中的呼聲越來越高。

太子暗自生悶氣，忽地腦子靈機一動，貢院年久失修，京城又春寒料峭，考生們要在裡面關上九天，小小的號房四處透風，以前常常有考生考到一半時，身子受不住被抬了出來。

要是他將貢院修葺一番，讓考生們不再風吹雨淋，豈不是一樁大功德？就算趙王寫再多的文章、吟再多的詩也比不上。

太子此人優柔寡斷，也不敢自作主張，先是與王相商議過。王相倒很欣慰，連連誇讚他，總算腦子開竅，能主動找一些事做。

王相與太子遞了摺子上去，皇帝君心大悅，大筆一揮准了此事，下令戶部擠出銀子來，提供修葺貢院的銀兩。

且說戶部還拖欠著北疆的糧草，魏王派來的人天天守在戶部，戶部尚書被煩得頭髮都白了幾根，卻仍然一毛不拔，魏王連根草都沒有要到。

如今皇帝親自下令，戶部尚書當然不敢不從，太子呈上條子要多少銀子，他眼都不眨如數足銀支出。

孟伯年管著發放銀子的差使，每次太子的人前來領銀子時，都會又客氣又熱情，親自迎出門去，又親自將人送出門，還高聲誇讚太子此次做了大好事，真正念著讀書人，是為大梁積德積福。

孟伯年嗓門大，每次太子的人一來，整個戶部衙門都能聽見。

魏王的人守在戶部，簡直氣得七竅生煙，恨不得將戶部尚書的鬍子都拔光。他不敢明目張膽地罵，拐著彎在戶部陰陽怪氣、指桑罵槐，差點將戶部尚書的祖宗八代都拉出來罵一遍。

趙王見機不對，與長史、師爺們關起門來一商量，也不再去吟詩作對了，去自己的母妃張賢妃面前哭了一場。

張賢妃生得嬌媚動人、嬌小玲瓏，嗓音猶如鶯啼，雖然已是半老徐娘，卻風韻猶存。

皇帝就算後宮又進了無數的新鮮美人，卻仍不時去她宮裡過夜。

因張賢妃在皇帝面前嚶嚶啼哭，又極盡溫存小意，皇帝離開時神清氣爽，次日將趙王傳來，先是訓斥他不務正業，又責令他去幫著太子修葺貢院。

趙王心眼極小，心裡埋怨皇帝偏心，自己明明才情過人，哪裡比不上太子那個草包？

呸，哪需要他來幫，他不學無術，肚子裡沒有幾滴墨水，不敢去文會上露餡，卻尋了修葺貢院的事來博得賢名。

貢院幾百年來就是那樣破破爛爛，哪裡用得著修？草包不過是為了撈銀子，誰沒聽見戶部裡的熱鬧，他的人天天上門去領銀子。為了讀書人著想？騙鬼呢！

趙王心裡憋著氣領了差使，也派了自己的人去修葺貢院，拿著條子去戶部領銀子。

戶部尚書也不厚此薄彼，痛快地付了銀子，魏王的人在戶部罵得也更為厲害了。

太子見機不對，又急忙去王相跟前討主意，王相卻老神在在，讓他不用理會趙王，只管埋頭做自己的事，明眼人都看得出來，趙王這是有樣學樣，搶著要與他爭功勞。

一個是君，一個是臣，自古臣與君爭功的，哪有好下場？

太子放心回了東宮，將徐侯爺召來，讓他多費些心思，務必要將貢院修得完美無缺。

徐侯爺作為太子的親舅舅，當仁不讓領到這個肥差。王相也沒有阻攔，不過是修幾間木房子，徐侯爺也是行軍打過仗之人，能惹出什麼大禍來？

這次王相卻錯得離譜，成大事者可以不拘小節，他習慣掌控大局，卻忽略那些細枝末節。

徐侯爺將此事交給他小妾的舅舅賈員外。在瀛州被國師揍過之後，賈員外一家就嚇破了膽，覺得瀛州天高皇帝遠，遠水救不了近火，還是待在自家外甥女身邊比較放心，當即連夜舉家來到京城投靠她。

在貢院監工的人便是先前被揍的胖少年，而他貼身大丫鬟的哥哥當了個小首領，在現場吆五喝六，很是神氣。

大丫鬟的哥哥嗜酒如命，每日都躲在一旁喝酒烤火，哪裡是真正做事之人？他倒找到了個同好，趙王手下也有一個愛酒的人。兩人以酒會友，忘記互為敵對陣營，成日聚在一起喝得痛快至極。

這天，兩人又照常聚在一起喝酒取暖，喝多之後沈沈睡去，不知是誰動了一下，酒罈傾倒，砸翻炭盆，火苗一下騰起來。

兩人從睡夢中被驚醒，手忙腳亂要滅火，卻不小心碰翻了油漆桶，霎時火舌蔓延，噼哩啪啦熊熊燃燒，聞訊趕來的火政費了九牛二虎之力，才將將保住一半貢院。

皇帝又氣又急，王相頭大如斗，蘇相作壁上觀。老神仙倒是沒有隔岸觀火，他算了算離春闈還有一些時日，果斷讓工部領頭，尋來城裡修葺房屋的老練匠人，趕著將貢院的號房修建出來。

此次事件之後，趙王與太子的積怨更深，魏王更是滿腹怨氣。皇帝將一切都瞧在眼裡，既感激老神仙能及時出手，又氣自己的兒子們不爭氣，想重罰太子與趙王，卻又被老神仙勸住了。

老神仙道：「太子是儲君，若被責罰，京城聰明人太多，只怕會惹來更多有心人作祟，引起朝廷動盪。」

皇帝因為先生之言，認定了太子之位，可架不住那些見風使舵之人乘機作亂。

皇帝雖然說要責罰兩人，卻還是不捨真正責罰太子，此次也是為了試探老神仙，見他在關鍵時刻能穩住大局，又沒有因與徐侯爺家的私怨，乘機對太子落井下石，心中不免對他親近許多。

只是趙王沒有先生的批命，被皇帝責罰在家閉門思過，要不是張賢妃的婉轉嬌啼，他連禮部的差使都保不住。

趙王關在自己的王府裡，除了恨太子之外，一併將皇帝也恨上了。

明明都是親生的兒子，為什麼他卻偏心至此？什麼嫡長不嫡長，史書上嫡長登大位的又有幾人？立儲不是當立賢嗎？

第五十三章

當孟夷光接到老神仙的信，仔仔細細看完後，又放心不少。

朝局，終是隱隱亂象叢生。

船到了碼頭靠岸，裴臨川緊跟在孟夷光身後下船，依依不捨地道：「我也想跟著妳去孟府。」

孟夷光聽他抱怨了一路，耐住性子安慰道：「你跟我一同下船，不知多少人瞧在眼裡，只怕很快就傳到皇帝跟前，惹出事端來。」

裴臨川看向岸邊，靜靜地道：「已經傳到皇帝跟前了。」

孟夷光心裡一驚，順著他的視線看過去。

岸上孟七郎領著隨從，喜笑顏開對著他們拚命揮手。孟十郎更像是秋後的螞蚱般，在岸邊歡快地蹦來蹦去。

兩人身後，是皇帝的近身內侍，此時身著常服，後面跟著兩個小黃門，隱身在人群中，正對他們翹首以盼。

起居殿內。

皇上斜倚在軟榻上，面色陰沈地看著裴臨川，半晌後從喉嚨裡擠出幾個字。「就那麼放不下？」

裴臨川抬眼看去，不過短短幾月未見，皇上好似蒼老憔悴了許多，臉上蒙著一層揮之不去的灰敗之氣。他微蹙眉頭，上前兩步彎腰伸手搭在皇上的脈搏上，片刻後淡淡地道：「你還不會死。」

皇上愣了愣，心情複雜至極，又欣慰又心酸又生氣。這個兔崽子雖然不聽話，說出來的話一如既往地噎死人，可他還是沒有變，甫一見面首先想到的，是自己的身體好壞。

皇上嘴裡再說出來的話，雖然還是帶著怒意，卻軟和許多。「你不要命了嗎？上次不是先生，你早死了十萬八千次，她究竟有什麼好，值得你千里迢迢地追上去？你究竟圖她什麼？不過是一個愛銀子的俗氣小娘子，圖她長得好看？你要多好看的我都給你尋來，賜你一院子，環肥燕瘦什麼樣的都有！」

裴臨川慢條斯理地坐在皇上對面的圈椅裡，又自顧自地提壺沖了杯茶，喝了一口扔到一旁，嫌棄地撇了撇嘴後，他靜靜地道：「大梁江山對你有多重要，她對我就有多重要。」

皇上渾身一震，臉色難看至極，眼裡火光噼哩啪啦燃燒，咬牙切齒地道：「混帳！居然拿一個女人跟大梁江山比，你的出息呢！」

裴臨川神情困惑，思索片刻仍然不解，問道：「為何江山會比女人重要？」

皇上愣了下，冷哼一聲道：「女人要多少有多少，大梁江山可是獨一無二！」

「哦。」裴臨川想到皇上後宮妃嬪無數，敷衍至極地隨意點了點頭。「我又不跟你搶大梁江山。」

皇上只覺得胸悶氣短，吼道：「你這是在打我的臉！我前腳賜你們和離，你後腳就跟了上去。君無戲言，你讓我情何以堪，說話跟放屁似的，我算哪門子的君！」

裴臨川嘴角上翹，聽到皇上被氣得罵髒話，心中竟然莫名覺得暢快，他不疾不徐地道：「你先前賜婚，後又賜我們和離，本來就是出爾反爾，就是跟放屁一樣啊。」

砰！

杯子碎裂瓷片飛濺，發出清脆的響聲，在安靜的宮殿內顯得尤為引人注目。守在殿外的小黃門聽見殿內動靜，嚇得身子縮成一團，生怕引起皇上的注意，被拉下去砍頭。

皇上最近脾氣暴躁，以前宮人當差時不小心犯錯，最多訓斥一頓或被拉下去打幾板子，這些時日卻再也沒有以往的幸運，連著砍了好幾個人的頭。

李全袖著手站在殿前，耷拉著眼皮，面無表情，彷彿沒有聽到殿內皇上的咆哮。

自從八歲進宮，如今在這宮裡已經三十年整，歷經數代帝王登基隕落。史書上曾說，鐵打的世家，流水的皇帝，可要他說，是鐵打的小黃門，流水的皇帝。

李全見過各式各樣的皇上，現今龍椅上的那位，不算是最差勁，可絕算不上最好。要不是裡面那位祖宗一樣的人，那至高無上的位置，哪輪得到他坐。

可現今，李全掀起耷拉的眼皮，望著頭頂逼仄的天空，春日晴好，四方宮殿內頭頂上的那片藍天，與其他處也並無不同。

他神情惆悵，正乾殿是皇宮內最好的宮殿，這裡能見到的天也要廣闊一些。要是太子登基……唉，那時他再想法子出宮吧！身邊也積攢了不少銀子，買一座宅子，雇幾個知情識趣的丫鬟伺候著，也不愁後半生沒著落。

「你是不是以為我不敢砍你的頭？小兔崽子，越來越沒有上下尊卑。我是不是以前待你太好，讓你一而再、再而三的以下犯上！」皇上氣得臉色鐵青，在殿內扠著腰轉來轉去，罵得唾沫橫飛。「一個個的都不省心，逼急了我，通通將你們拉下去砍了！」

裴臨川側著頭，神情帶著微微的得意，插嘴道：「先生老了。」

皇上像是被捏住脖子的鴨子，張大嘴，雙眼瞪得滾圓，到嘴邊的怒罵又硬生生地塞了回去。他神色黯淡下來，雙肩垮下，嘴唇嚅動半晌，只餘一聲長嘆。

先生老了，他這麼多年來費盡心思，也就尋得裴臨川這麼一個學生，可大梁還要千秋萬代。

自己就算是九五之尊，也不能這麼隨意砍了裴臨川。

良久之後，皇上拖著沈重的步伐背轉身，落寞地道：「你出去吧。」

裴臨川站起身，走到他面前伸出手。「我的鋪子、田莊、銀子呢？」

皇上眼前一黑，被他氣得快昏倒，沈著臉一聲怒吼。「李全！」

李全靈活無比地閃身進殿，恭敬垂頭施禮聽命。

「把他的匣子還給他，再給他一萬兩銀票！」

「是。」李全心裡頗為遺憾，原本以為這個祖宗忘了這件事，田莊和鋪子能落到自己的手裡，沒承想他不但記得，一進宮就伸手討要回去。

裴臨川也不在意皇上的臉色，步伐輕快地隨著李全往殿外走，到殿門邊時又回過頭，神情愉快地道：「瀛州春日將會有流民作亂。」

皇上臉色大變，直起身子忙追問道：「究竟怎麼回事？你仔細說說。」

裴臨川不客氣地翻了個白眼。「我怎麼知道具體細節，你不可以派天使去查嗎？」

皇上又差點一口氣上不來，裴臨川抬腿邁出宮殿門檻，聲音不輕不重地嘀咕道：「給這麼幾個大錢，想知道的還挺多，真是獅子大開口。」

第五十四章

孟夷光與家人見完禮用過晚飯後，老神仙將她叫到書房，坐在几案邊，親手慢條斯理地煮著茶，意味深長地笑道：「這一路你們歷經千辛萬苦，總算從崔老兒手上拿了些好東西回來。」

茶葉罐裡，是崔老太爺帶給老神仙的小君眉，他隨意抓了些出來，湊在鼻尖聞了聞，笑呵呵地放在壺中。「銀子的味道，不錯、不錯。」

孟夷光抿嘴笑，將緊摟著的匣子遞過去，壓低聲音道：「你聞聞這是什麼味道？」

老神仙抬眉，接過匣子打開一看，裡面是一枚崔老太爺的私印。他拿著印章在手心拋了拋，哈哈大笑道：「這是金子的味道。」

離開青州時，崔老太爺將這枚私印交給孟夷光，讓她帶給老神仙，這一路她都提心吊膽，生怕弄丟了。

大梁最大的錢莊總店在京城，崔老太爺占了兩股，憑著私印可以前去調銀兩。

「外祖父說，全權託付，無怨無悔。」

老神仙撫著鬍鬚，嘴角下撇，心不甘情不願地道：「崔老兒雖然在女人的事上頭腦發昏，做買賣的眼光絕對一等一的好，老子不得不佩服。」

他站起身，也捧了個匣子過來，交給孟夷光道：「這些是去年木炭添給賺來的銀子。妳說妳，平時看著腦子靈光，小七是什麼德行，妳難道還不清楚？居然敢把妳的鋪子交給他，那鬼東西雁過拔毛，拔來的去做正經事也成，可他買了一屋子的磨喝樂，妳七嫂氣得差點要跟他和離。」

孟夷光神情訕訕，她認為男人有自己的愛好是再正常不過之事，孟七郎又不是拿去吃喝嫖賭。不過既然七嫂不樂意，她還是不去添亂，以免夫妻二人吵架。

她數了數匣子裡的銀票，居然有近五千兩，不過只是供了一小部分的添給，就有這麼大的入息。

孟夷光想到戶部的窘境，合上匣子問道：「魏王的人還在戶部整天罵？」

老神仙提壺倒茶，嘴角露出一絲譏誚。「皇上徹查貢院起火之事，查來查去，查到銀兩上，見到那些人提交上去的條子，一個貢院竟然用了整整五萬多兩的銀子。我壓著工部，連日開工，只用了不到一千兩。皇上又氣了一場，勒令趙王與太子將五萬兩還給戶部，戶部有了銀子，轉手就將銀子撥給魏王。」

孟夷光驚訝地瞪大眼，雖說這般處置看起來公平，可趙王定會不服，魏王也不會買帳。

趙王在修葺貢院之事中插進去一腳時，太子已經修建了大半，他去戶部領的銀子，不及太子的五分之一。讓趙王與太子賠一樣多的銀兩，就算太子是儲君，可現在他還沒有坐上那個大位呢，這不是在給他樹敵嗎？

老神仙愜意地喝著茶，笑道：「太子哪裡來的銀子？徐侯爺就是他的錢袋子，可他家小妾庶子庶女一大堆，婚姻嫁娶花銷驚人，層層下去賺到手的銀子，早就花得七七八八，要拿出來，豈不是在他身上割肉？於是，徐侯爺進宮去皇后跟前哭一場，皇后又去太子跟前哭一場，王相這些時日的臉色……喲，見到地上的土塊，都恨不得它立即變成金錠。他身在高位，估摸著看出東宮太窮，去皇上跟前求情，皇上又撥給東宮兩個莊子。」

王相這是又幫太子招惹仇恨啊！

孟夷光失笑，心思轉得飛快，朱雀大街與馬行街上，一長串都是徐侯爺與李國公家的鋪子。她沈吟片刻道：「明日我去街頭轉轉，瞧瞧徐侯爺家與李國公家的鋪子，看有沒有什麼可乘之機。趙王這次定不會善罷甘休，估摸著張賢妃又會去找皇上，補上趙王的缺。」

老神仙湊上前，低聲道：「妳要將他們兩家的鋪子都吃進去？」

孟夷光笑著搖頭。「我還怕噎著呢，哪吃得下。」

老神仙坐直身子，斜睨著她道：「妳跟我還打馬虎眼。」

「真沒有，只是心裡還沒有譜，得親眼瞧了才能明白。」孟夷光停頓片刻，輕笑道：「不能讓張賢妃哭得那麼容易，趁著現在春闈風波已過，大梁又添了一批棟梁之材，皇上勞苦功高，該進新人以慰君心。」

老神仙愣怔片刻，撫掌大笑道：「妙極，妙極，總得百花齊放才熱鬧。」他連著痛飲兩杯茶，豪情萬丈地道：「我倒要看看，是天命厲害，還是人性厲害。」

孟夷光前世見過太多匪夷所思的事，只要有關人性的，幾乎從來沒讓人失望過，就算世事變遷，可人總還是人。

她不擔心與先生的賭注，就算是輸，也得先盡人事，最後再看結果。

春闈後那些新進進士，還留在京城等著派官。

孟夷光想起虞崇，說道：「廬州知州空缺，王相肯定會乘機安插太子一派的官員。到時我們出面去爭一爭，廬州不能落入太子之手，蘇相現在不是中立嗎？這個位置最好落到他手上去。」

「蘇老兒倒白白撿了個便宜。」老神仙很鬱悶，想到孟六娘，又忍不住罵道：「一個好媳婦，三代好兒孫，連氏那老婆子恁地可惡，唉，看在虞崇的分上，也不能一刀砍了她。」

殺了連氏再簡單不過，可念著還有阿蠻在，他人雖小卻機靈，連氏將他看得比眼珠子還要重，要是她沒了，被他長大後得知，這就是結了死仇。

孟夷光笑道：「反正六姊姊已經和離，虞崇也將阿蠻交給她，算是有良心、有擔當，過去的事就讓它過去吧！只要六姊姊以後過得順心如意就好。」

「那妳呢？妳可過得順心？這一路到青州，妳阿爹太沒有出息，沒有幫上什麼忙，反而還要妳們為他操心。若不是看在他現在總算開竅的分上，我定要好好揍他一頓。」

孟夷光前腳抵達京城，孟季年的信後腳跟上，信中表明自身近況，有崔敬與商隊隨行，不用太擔心他路上會吃虧，估計很快就將抵達北疆。

孟夷光捂住嘴笑。「我很好呀！不是有你在嗎？天塌下來有你頂著呢。」

老神仙白了她一眼，又笑咪咪地道：「妳就不擔心那隻乳燕？說不定皇上一怒，會先砍了他的頭，再來要妳的命。」

孟夷光哭笑不得，老神仙也真是，淨亂取綽號，裴臨川是乳燕，那自己是什麼，樹林？

他老奸巨猾，哪能看不出，皇上要是想殺了裴臨川，豈會只派幾個小黃門前去等候傳旨意，依著他的性情，只怕會重兵將他們團團圍起來射殺作數。再說裴臨川算無遺策，會不知道自己有危險，還能氣定神閒地進宮？

老僕輕輕敲了敲門，手中捧著個匣子走上前，躬身道：「這是國師差人送進來，說是給九娘的。」

老神仙笑而不語，孟夷光尷尬地笑了笑，接過匣子打開一看，裡面是整齊的銀票，還有熟悉的田莊、鋪子、書契。

兜兜轉轉一圈，這些又回到她手上。

第五十五章

賈胖子最近過得非常不順。

準確地說，是在瀛州被人揍過一頓，呼風喚雨的日子就不復存在。

他跟著賈員外到了京城後，京城繁華，瓦子裡十二時辰都不打烊，很花天酒地了一段時日，卻好景不長，因貢院被燒毀之事，被打得屁股開花，在床上躺了大半個月才能下地。

為了去晦氣，也著實惦記著萬花樓裡的行首桃娘子，只要想到她那柔軟的腰肢，就渾身像是蟲蟻爬過，從頭頂癢到腳底。

他癢得實在受不住，迫不及待趕到了萬花樓。樓裡的媽媽卻告訴他，桃娘子被外地來的行商，花了大價錢包去，最近都沒有工夫見外客。

要是在以前，賈胖子一定會暴起，將萬花樓砸得稀巴爛，可他摸了摸還隱隱作痛的屁股，幾乎快咬碎了後槽牙，才將沖天怒氣硬生生吞回肚子裡。

王相要太子約束下人，尤其是徐侯爺府裡亂七八糟的真、假親戚，徐侯爺也下令，他們誰敢在外面惹事，一律抓去莊子裡養豬。

賈胖子憋著氣來到樓上雅間，點了幾個腰肢比桃娘子略微硬上幾分的花娘，就著她們的小手喝了幾杯酒，肚子裡也吃飽了胭脂，心裡的氣才勉強淡下來幾分。

花娘們鶯聲燕語，也沒阻擋住隔壁雅間裡漢子的大嗓門。「錢貴，我說你哭喪著臉給誰看呢，桃娘子去陪他喝幾杯酒，讓他快活快活！」

桃娘子？賈胖子的耳朵霎時伸得老長，肚子裡的怨氣又一點一點萌生。

錢貴說了什麼，他沒有聽清楚，大嗓門長長嘆了口氣。「唉，本以為京城富貴之地，這一船海貨肯定好出手，我們這些沒有門路的，難啊。」

海貨？馬行街上的海外奇珍鋪子，一年收入抵得上侯爺府裡所有鋪子的收入。最近徐侯爺不止一次為銀子的事發愁，侯府花費不菲，東宮太子也需要銀子，可現今不比打江山時，能明目張膽去搶。

賈胖子手抬了抬，讓花娘們噤聲，自己跑到牆壁邊，將耳朵貼上去想聽得更仔細些，可隔壁除了絲竹管弦，就只剩下嬌笑吆喝的聲音。

聽了半晌，賈胖子小心思一轉，出門轉身大搖大擺徑直推門而入。

京郊莊子裡。

孟夷光的正院與耳房相連的東廂房，被她打通連起來做書房，高高長長的書架緊靠牆壁，上面塞滿各種書籍，屋中央放一張巨大的紅木案桌，幾把酸枝木圈椅，既大氣又寬敞。

老胡坐在圈椅裡，恭敬地道：「賈胖子已經上鉤，不過錢貴他們那邊還在拿喬，定要讓他心癢毫無疑慮，將鋪子改成專賣海貨的，才會放多一些貨給他們。」

孟夷光去幾趟馬行街與朱雀大街，心裡自然有數。徐侯爺要是上鉤，依他那點做買賣的本事，為了彰顯闊氣，改的肯定是那家賺銀子的布莊。

她盤算過上次去青州，崔老太爺給她的那些海貨，這些東西放出去已足夠，笑著道：「辛苦你們了，眼熟的人不要露面，也不要經常聯繫，得小心別露出馬腳。」

老胡忙一一應下退出去，孟夷光盯著几案上的紙條，一幅幅重新拼過，見瞧不出來什麼破綻，才長長舒了口氣。

這次，定要讓徐家太子一派大出血。李國公家也不能站著看戲，趙王不出來乘機踩上一腳，又怎麼對得起他所吃的那些苦頭？

裴臨川負手一臉不豫走進來，非常不滿地道：「春日快要過去，花都快謝了，我還沒能見著妳幾面。」

孟夷光失笑，將紙條收起來放進匣子裡鎖好，才站起來迎上去，笑道：「走吧，我們一起去賞花。阿鸞和小十呢，他們不是跟著你嗎？」

「他們去妳六姊姊那邊，我不要他們跟。」裴臨川見她終於有工夫陪著自己，哪肯帶上那兩人在身邊。

孟六娘跟著孟夷光到莊子住上一些時日，阿蠻最喜歡跟在孟十郎身後，這些天孟十郎學堂裡旬休，阿蠻貪玩也跟了過來。

裴臨川有耐心，不會像別的大人那般把他當作小孩子，有問必答，阿蠻很快成了小跟班，成日圍在其身後打轉。

孟夷光笑著跟他往後面園子裡走，自從去年住進來以後，這裡就逐步重新修葺，當他們回到京城之後，莊子裡迎來春日，花團錦簇，美不勝收。

遠處桃花林的花謝了，梨花接上開得正盛，滿樹繁花，微風拂過，雪白的花片隨風飄落，地上像是覆了一層細雪。

「夏季有桃，秋季有梨，梨過後有棗。」孟夷光終於滿足果林飄香的願望，看著大片的林子幻想著不同時節的蔬果，眼裡露出豐收的滿足與喜悅。

裴臨川也眼含期待。「桃花釀，秋梨膏，棗糕。只要與妳一起吃，就特別的香甜。」

孟夷光斜睨他一眼，最近他像是開了竅般，嘴裡的話像是在蜜裡面浸過。

「皇上說妳是喜歡銀子的俗氣小娘子，他有些不對，妳不僅喜歡銀子，還喜歡果子勝過花，也俗。」

孟夷光暗自翻了個白眼，這人還真禁不起誇獎。

「大俗即大雅，妳怎樣我都喜歡。」

孟夷光望天，反省自己是不是也該雅一些，讀詩彈琴？可轉念想到先生懸在她頭上的那把刀，又頓時洩了氣，俗就俗吧。

兩人走到梨花林的亭子裡，鄭嬤嬤領著丫鬟婆子上前，在石凳上鋪好軟墊，從食盒裡拿出點心碟子擺在石桌上，再揮退丫鬟，守著紅泥小爐煮茶。

孟夷光心裡想著事，心不在焉地坐在凳子上，裴臨川仔細覷著她的神色，出聲問道：「可是有事？」

「先前你說瀛州會有流民叛亂，天使還未遞消息進京，要是你算計有誤，皇上他只怕不會善罷甘休。」孟夷光眉心微蹙。

裴臨川將進宮之事告知她之後，她與老神仙就大致估算過，只怕是瀛州知州太過貪婪，搜刮民脂民膏太狠，春天又是青黃不接的時節，百姓沒飯吃，被逼得走投無路，只得造反。

瀛州出現民亂，就算王相想保住，老神仙也不會讓他得手，打算將空出來的知州之職，推蘇相的人上去。

虞崇辭官歸了故里，王相果然對廬州知州虎視眈眈，一直溫和低調謹慎的老神仙，卻突然一反常態與他相爭，你爭我奪之下，最後讓蘇相撿了個大便宜。

蘇相不傻，只要老神仙這次有所動作，他自然而然會暗中相幫。

「我不會有錯，妳不要急。」裴臨川遞了塊櫻花煎到她嘴邊。「這個不甜不膩，正好。」

孟夷光見他神情篤定，懸著的一顆心才微微安穩，偏開頭，伸手接過櫻花煎又放回碟子裡，笑道：「我不餓，這個你喜歡吃，特意吩咐廚房做給你的。」

裴臨川立即道：「那以後我也不吃了。妳喜歡吃什麼，就讓廚娘做什麼，我跟著妳吃一樣的即可。」

孟夷光只覺得心裡又泛起甜意，他什麼事都遷就自己，聰明又敏銳，只要他願意花心思，許多事都一點即通，成長飛快。

「妳多吃些，臉頰圓圓，像是糯米糰子般，不要再瘦下去了。」

孟夷光抬手撫上自己的臉，回京之後，在孟府住了些時日，趙老夫人見她瘦了一大圈，每天變著花樣讓廚房做可口的吃食，燉各種補品、補湯。很快地，她就被養得氣色紅潤，先前做的春衫已有些緊繃，又重新讓繡娘趕做了一套合身的出來。

孟夷光怒瞪著他，道：「不許說我臉圓，我哪裡胖了？」

裴臨川驀地長臂一伸，輕輕擰了擰她的臉，嘴角上翹。「膚如凝脂，生氣時像是櫻花凍。」

啪！孟夷光惱怒至極，將那隻作亂的手拍下去。

裴臨川似丈二金剛摸不著頭腦，見孟夷光生氣，忙慌亂地哄著她道：「妳不胖，我胖。」

孟夷光更生氣了，他加上阿愚和阿壟兩人，三人一天吃的飯，抵得上她十天半個月的量，可他們依舊清瘦如昔。

她站起來，往梨花林裡走去，裴臨川手忙腳亂地跟在身後，不停彎腰側頭看著她道：「妳真的不胖，我胖，妳不要生氣好不好？」

孟夷光快被他碎碎唸煩得半死，推開他的頭道：「我不生氣，就是想多走動走動。」

裴臨川撫著胸口，像是逃過一劫般低喃道：「不能說她胖，否則她會生氣，這個一定要銘記在心。」

孟夷光將他的話一字不漏聽在耳裡，又憋不住想笑，心裡的怨氣散得一乾二淨，放緩腳步慢慢往外走，說道：「我們去找阿蠻他們。」

裴臨川雖然萬般不情願，可想到剛才惹得她不開心，也只能跟著一同前去。兩人還沒有到莊子大門，遠遠地就瞧見丫鬟婆子抱著孟十郎與阿蠻在前，孟六娘跟在身後，一行人急匆匆走過來。

「怎麼回事？」孟夷光吃了一驚，忙迎上去。

阿蠻與孟十郎被裹在衣衫裡，偷偷咧著嘴對她笑。

孟六娘黑著臉，瞪著那兩個還在嬉皮笑臉的人，怒道：「這兩個淘氣的，一個晃神沒看住，接連往池塘的荷葉上跳，說想坐在荷葉上。」

孟夷光扶額，忙道：「快送進去，屋子裡先去備好熱水，再熬些祛寒的湯。」

裴臨川已經上前替他們都把了脈，說道：「無妨。」

孟六娘鬆了口氣，拉過孟夷光低聲說道：「先前出去遇上魏王妃，她帶著魏王世子從西山下來，小孩子貪玩在馬車裡坐不住，一行人下車走著回莊子，見到阿蠻他們嬉鬧，也湊過去。最先跳下去的可是世子，淤泥裡不巧有塊尖石，他的腳被割破一道長口，流了許多血。」

孟夷光愣住，魏王妃極少出門，她母親早逝，這個時節上西山，只怕是為她亡母作法事。

她沈吟片刻後道：「鄭嬤嬤，去備一份厚禮，妳親自前去，再將老章帶上，他治傷方面是一等一的好。妳跟魏王妃說清楚，就說擔心小世子的傷，恰好莊子裡有大夫便帶過去，看她需不需要。」

裴臨川不悅地插嘴。「我才是一等一的好。」

鄭嬤嬤心道：也要你肯去看啊，不是孟家人，誰敢使喚你這尊大佛？

孟六娘神情擔憂，低聲問道：「可是又有了麻煩？」

「無妨，說不定還是好事呢。」孟夷光安慰著她，微笑了起來。

阿鸞與孟十郎洗漱乾淨，換了一身乾爽衣衫出來，苦著臉坐在几案前喝祛寒湯，才喝沒幾口，春鵑進來傳話道：「魏王妃差了身邊嬤嬤，帶著禮品到莊子。」

孟夷光心裡一喜，忙說道：「快去請進來。」

一團和氣的嬤嬤上前來，先深深屈膝施禮，雙手恭敬奉上禮單，客氣地說道：「王妃說，世子貪玩，帶著府上兩位郎君一同落水，心裡過意不去，一定要送上一份禮以表歉意。」

孟六娘笑著與嬤嬤寒暄幾句，又親自將嬤嬤送到門邊，一轉身，就見孟夷光看著禮單神采飛揚、眉眼含笑。

孟六娘戲謔道：「禮單上可是有值錢的寶貝？」

孟夷光揚了揚禮單，對她眨眨眼。「都是無價之寶。」

在青州時，崔老太爺曾讓她看過商隊進北疆帶回來的貨物，她見幾樣顯眼，就記在心裡。如今魏王妃送來的禮單上，剛好出現兩樣顯眼的禮品，這興許是巧合——可再巧，也巧不到這個分兒上。

一直謹慎守禮的魏王妃，怎麼會讓魏王世子下馬車在路上行走，又肯放他與從不熟悉的孟十郎與阿鸞去玩。

看來魏王坐不住了！

第五十六章

孟夷光終於徹底放心了。

老神仙遞了消息來，瀛州民亂四起，百姓被剝削得太厲害，不得不反。天使一行被亂民團團圍住，拚了老命才逃脫，遞回京的消息便遲了些。

皇上震怒，下令天使先開倉賑民，安撫民心，更直接革了瀛州知州官職，押送回京受審。

王相又氣又怒，一邊將太子罵得狗血淋頭，一邊幫他善後。

沒幾日後，瀛州知州在押送途中畏罪自縊。

太子聽到此消息，頓時大鬆了口氣。

瀛州知州每年給他送年禮的馬車，總得提前小半年出發。馬車行駛過去，官道上留下深深的車轍，卸下貨之後，車廂裡都是雪花銀的味道，經久不散。

輕鬆之餘，他又深深犯愁，王相說他雖然已是太子，可也要有自己的親信官員，要爭得那個大位，並不能僅憑藉先生的金口玉言。

前朝的皇帝，誰不是真龍天子，不照樣丟了江山？可收買人心，要不給權，要不給銀子。

有那眼光放得長遠的人，見到皇上還身強體壯，又是馬上打下的江山，手握重兵，聰明的人都沒幾個願意現在來投靠他。反正等他登了大位，總要有人辦事，那時候該重用的還是得重用。

現在他給不了權勢，也只有靠聯姻。

最近皇上後宮又進了新人，皇后憋著氣，像是比拚似的，在東宮塞滿環肥燕瘦的小娘子。

太子無比煩惱，他根本不喜歡那些矯揉造作的小娘子，一碰就臉紅，生澀不解風情，讓人倒盡胃口。

唉，銀子啊……

太子沒辦法，只得將徐侯爺傳進東宮。

除了太子之外，皇上一樣心煩不已。

瀛州知州死得蹊蹺，皇上先是招了裴臨川進宮，想問他的主意，他卻說：「這些細枝末節的小事，豈能事事靠占卜？這是損壞國運之舉，要問去問先生，反正先生閒著也是閒著。」

皇上氣得眼冒金星，砸碎了幾個杯子，見他揚長而去，也只得悻悻地咒罵來解氣。待他召來三個相爺之後，對裴臨川的怒氣瞬間消失得無影無蹤。

那個祖宗雖然說話不客氣，至少他從不拐彎抹角，有什麼說什麼，不像這三個老狐狸，話說了許多，卻跟放屁一樣，聽上去又什麼都沒有說。

王相總是苦著一張臉，憂國憂民，說出來的話亦是如此。「現今最重要之事，是瀛州的安定，讓百姓不再吃苦受罪。至於知州是因何而亡，這個我倒不敢胡亂猜測，不知孟相可有主意？」

老神仙面容溫和，謙遜地道：「反正不是被殺掉滅口，就是他自己良心發現，覺得上愧於君，下愧對於民，羞愧難當而亡。人說死者為大，沒有查出詳情之前，我也不好亂下決斷。皇上，王相所言極是，現今當以瀛州百姓為重。」

蘇相嘆了口氣，說道：「如今春耕雖遲了些，要是能抓緊機會補種，總比地荒廢在那裡要好上許多。兩位相爺說得都對，當以百姓為重。瀛州知州人選，更要慎重又慎重。」

皇上聽了也頻頻點頭同意他們的話，只是後來三人離開，他才回過味兒。

自己所問之事是知州的死因，他們卻扯了一堆，當以瀛州的安定為首要大事，難道自己蠢到這種地步，連這點小事都看不明白嗎？

皇上心中怒意勃發，乾脆去後宮發洩一番，去了離起居殿最近的張賢妃處。

最近後宮又進了許多美人兒，張賢妃心裡雖然不屑，還是提高警惕，將自己從頭裝扮到腳，眉心貼了京城最時興的花鈿，臉搽得雪白，唇上輕點胭脂，櫻桃小嘴配上盈盈大眼，看上去欲說還休，勾人心魂。

張賢妃見到皇上來，甚是得意，就算後宮擠滿新人，她還是聖寵不衰。

「檀郎，你怎麼不飲酒啊？」張賢妃對著皇上媚眼如絲，拋了許多眼神，他都毫無反應。

她見皇上握著酒杯放在嘴邊，半晌一動也不動，目光呆滯，乾脆上前抱著他的手臂，將胸脯緊緊貼過去，嬌聲喚著兩人私下耳鬢廝磨時的稱呼。

皇上回過神，手臂上傳來的柔軟觸感，讓他愣了下，垂下眼簾側頭看去，張賢妃勒得鼓鼓的胸脯呼之欲出，顫巍巍如小兔子般彈跳。

他心裡一陣激盪，放下酒杯站起身。

「我前面還有些要事，妳早些歇著吧。」

張賢妃見到皇上臉色潮紅，他明明動了情，卻又決然起身離開。

她委屈得泫然欲泣，銀牙暗咬。以前就算有天大的事，他也會先與自己溫存一番，才會去做正事。

難道真出了什麼大事，讓一個男人能放棄自己這般的美嬌娘？

張賢妃想了很多，在深宮獨自落寞垂淚到天明。

皇上離開張賢妃的寢宮，疾步來到一處稍遠些的偏殿。

偏殿裡住了新入宮不久的于美人。

他人上了年紀，在房事上已經力不從心，雖說後宮進了許多新人，他享受過後也隨之拋在腦後，並未有特別寵愛之人。

張賢妃卻讓他記起這個美人。

皇上抬手制止住宮人的參拜，帶著些莫名的偷窺快意，悄然走進去。只見于美人坐在案桌前，碩大的胸脯放在案桌上，俯身在認真描著一幅仕女圖。

她聽到腳步聲，抬起頭望過來，杏核大眼裡先是茫然，接著是掩飾不住的驚喜與雀躍，扔下畫筆跳起來盈盈施禮，胸脯像是江潮翻滾起伏，蕩起層層波。

皇上雙眼血紅，閃著興味的光，像是捕食的豹子撲過去，攔腰抱起于美人。她嬌嗔輕呼，接著大膽摟著皇上的脖子，嬌笑不停。

跟在其後的李全無聲一揮手，宮人忙跟著垂手快步退出，到了門邊他反身去關門，眼光偷瞄過去，只見皇上將頭埋在那座山峰裡，嘴裡嗚嗚作聲，似悲嗚又似暢快。

李全如老僧入定，聽著屋內聲音忽高忽低，忽長忽短，心中想起宮內不知從哪裡跑來幾隻野貓，晚上總是淒厲叫喚不停，記得明兒個就讓人趕出去，以免被皇上聽出相似來，白白喪了一條命。

不知過了多久，皇上臉上還帶著些許潮紅，雙腿微微發顫，卻精神十足，負手走出來，吩咐道：「明兒個挪個宮殿給她。」

李全躬身應是，思索片刻，大著膽子道：「宮殿內都住滿主子，按說只有賢妃娘娘的偏殿還空著，可要是美人住進去，只怕會擾了你二人清靜。」

皇上愣了下，臉一沈，抬腳就踢，李全微微避閃，卻不敢完全避開，生生受了一腳，他痛得齜牙咧嘴，跪下來連聲求饒。

「狗東西，就算是皇后，偏殿裡也住了人，她一個賢妃，難不成還能比皇后尊貴了？你的規矩呢？」

李全趴在地上，磕頭稱是。

皇上走了兩步，又停住腳，道：「賢妃娘娘，賢慧淑德，又生育有功，賞她一套翠鳥頭面。」

李全心想，張賢妃都有了孫子，還生育有功？皇后生了太子和長公主，不知這功勞又該怎麼算？

他摸了摸隱隱發痛的腿，低頭默默跟了上去。

第五十七章

京郊的莊子。

孟七郎又扛著他的大箱子，滿頭大汗地趕來。

孟夷光又好笑，又好氣。「七哥，你這是被七嫂趕了出來，搬家呢？」

孟七郎接過丫鬟遞上的帕子，胡亂擦了把汗，又咕嚕咕嚕喝了一大杯茶，長舒了口氣道：「二伯不仗義，先前答應得好好的，讓我放心將磨喝樂放在他的書房裡，可他轉手就拿去給五郎的老大玩，還是放在妳這裡能讓人安心。」

孟夷光抬眉，笑盈盈地道：「阿鸞可是四處鑽，就算莊子裡有個老鼠洞，他也會挖開來瞧一瞧，我可不敢保證啊。」

孟七郎大驚失色，轉著圈道：「我怎麼忘了還有阿鸞，他小子上次就差點拿我的寶貝去砸核桃……唉，怎麼辦呢？以前還能放在老賀家裡，現在他吧，唉……」

「老賀？」孟夷光瞇了瞇眼，笑著招呼孟七郎坐下。「老賀就是你玩磨喝樂認識的賀中郎將？」

孟七郎點了點頭，眼裡興味閃爍，湊過頭低聲道：「老賀被太子綠了，心情不大好，常常來找我喝酒。我嘛，一沒幾個私房銀子，二也要避避嫌，不太敢明目張膽交好武官。」

孟夷光腦中回想起先前老神仙提及太子，他有些事不願意跟她說太透，怕髒了她的耳，莫非說的就是此事？

「驚訝吧？其實我早就知曉，我在禁軍班值當值，皇上太子出宮去哪兒，都瞞不過我的眼。嘿……」孟七郎咧嘴一笑，四下打量一番，問道：「這屋子裡都是妳的人？」

「是。」孟夷光笑答，不過還是揮揮手，讓她們全部退出去。

「太子最喜寡婦，尤其是風韻猶存的寡婦。好多次說是去徐侯爺府裡，其實他都是去爬寡婦的牆頭。喜歡寡婦就喜歡寡婦吧，也不是什麼大事，可你是儲君，總得避著些人，置辦一間宅子，將人一頂小轎抬到宅子裡來，能花上幾個大錢？」孟七郎嘴角下撇，鄙夷地道：「他卻喜歡偷偷摸摸上門，與人做起露水夫妻。嘿嘿，太子東宮這麼些年，除了太子妃生了個兒子，其他女人肚子都沒有動靜，不然說不定又要出幾場奇遇，寡婦一朝偶遇情郎，誰知母憑子貴，竟做了那後宮妃嬪。」

孟夷光樂不可支，孟七郎看上去老實，可他那張嘴，完全是青出於藍更勝於藍，比孟季年損人還要厲害上幾分。

孟七郎說得嘴乾，又倒了一杯茶喝下去，抹了把嘴，繼續道：「老賀的妻子白氏，是太子妃沒出五服的堂姊妹，平常也有走動，經常去東宮瞧太子妃，不知為何與太子看對眼。這次太子沒那麼小氣，置辦一間宅子，趁著老賀不在家時，經常在那裡幽會。」

孟夷光神情微凝，問道：「老賀又是從何處得知此事？」

「有次白氏身上掉下來一封書信，老賀撿到後一看，見上面是太子的筆跡，如五雷轟頂，卻又不敢聲張。有次找我喝悶酒，喝多了，才一把鼻涕一把淚地講出來。唉，老賀一個威風凜凜的漢子，比阿蠻哭得還要傷心，我看了都不忍，陪著他心酸難過。」

孟夷光想到比徐侯爺小上一號的太子，白氏看上的，也只能是他的權勢，做中郎將夫人，哪有做後宮妃嬪風光？

「唉，會寫詩的男人，不但能騙小娘子，連老娘們都能騙。」

孟夷光瞪大眼，失笑出聲。「太子會寫詩？」

「老賀說是詩，什麼『夜探清水巷，巷裡有嬌娘，身嬌如雲彩，墮入銷魂鄉』。」

孟夷光再也忍不住，趴在桌上，笑得眼淚汪汪。半晌後，她捂著肚子，用帕子按了按眼角，努力忍住笑意道：「七哥，老賀那邊你也不用太避嫌，不過定要勸著他不要聲張，王相知曉此事後，白氏活不活得成還兩說。但只要他鬧起來，讓皇上丟臉，先前可能暫時無恙，可肯定會找他秋後算帳。這樣吧，我出銀子，你拿去選一些珍貴的磨喝樂送給他。」

孟七郎雙眼光芒閃動，頓時喜笑顏開，說了這麼一大堆，總算達到目的。還是九妹妹最富有，聰明人能聞弦歌知雅意，又出手闊綽，拿到銀子後，也能順手買下自己早已看好的那一套珍品。

孟夷光哪能看不出孟七郎心中所想，他雁過拔毛，都是為了他那點愛好，卻誤打誤撞結交賀中朗將，老神仙要是知曉，估摸著不會再罵他亂花銀子。

她喚來鄭嬤嬤，取了銀票交給孟七郎，他眉開眼笑接過，用帕子仔仔細細包好，藏在靴筒裡。她嫌棄至極，捂著鼻子撇頭。

孟七郎卻面不改色，眨巴著眼睛道：「妳七嫂看到後，我一個大子兒都得不到。」

「去玩，去玩。」阿鑾奶聲奶氣的聲音遠遠傳來。

孟七郎臉色一變，忙撲到箱籠上，一迭連聲招呼著丫鬟嬤嬤。「快抬走，幫我藏好。」

孟夷光白了他一眼，說道：「搬到書房裡去吧。」

阿鑾坐在裴臨川的腳背上，雙手緊抱著他的腿，仰著頭不斷叫喚。

他面色柔和，拖著腿慢慢挪動到門口，不為所動地道：「我要叫她一起，不太想與你玩。」

孟七郎見到自己的寶貝箱籠被抬走，放下心來笑著上前，一把抱起阿鑾舉過頭頂，將他架在自己的脖子上，在屋子裡轉了幾圈，逗得他咯咯直笑。

「七舅舅，去玩，去山上玩。」

孟七郎好脾氣地道：「好，我帶你去爬山。」

裴臨川見阿鸞不再纏著自己，微微鬆了口氣，又見衣衫下襬被他抱得皺巴巴，蹙眉道：「阿鸞該開蒙識字了。」

孟夷光忍笑道：「他還小，手沒有力氣握不住筆，等明年開春了再教也不遲。」

裴臨川看了一眼笑得見牙不見眼的阿鸞，轉頭認真道：「讀書習字後就不會太閒，沒有工夫纏著我，我們也能多待在一起。」

孟七郎板著臉望天，孟夷光瞪了他一眼，才笑著對裴臨川說道：「外面天不冷不熱，我們叫上六姊姊去爬山，到了山上之後，正好午飯在廟裡吃素齋。」

裴臨川雖然不喜素齋，可只要能與她一起，也就無所謂地點了點頭，牽起她的手，無視孟七郎的眼光，神色坦然地往外走去。

丫鬟叫來了孟六娘，一行人慢慢沿著石階上山，阿鸞一開始還要逞強自己爬，爬沒幾步後就再也爬不動，撲到裴臨川懷裡要他抱。

「阿鸞，你別去吵國師，讓七舅舅抱你。」裴臨川雖然看起來溫和，可孟六娘還是怕阿鸞太吵太煩，惹他生氣，忙開口阻攔。

孟七郎側頭裝沒聽見。裴臨川面色平靜，彎腰抱起阿蠻，穩穩往山上走。

「等你再大些，我就不會抱你，因為我只會抱我的媳婦。」

孟六娘看了孟夷光一眼，她雖面不改色，耳尖卻泛紅，忙憋住笑轉開了頭。

孟七郎若有所思地看著他的背影，走到孟六娘身邊說道：「六姊姊，妳說臉皮厚是不是會打遍天下無敵手？」

孟六娘捶了他一下，低聲訓斥道：「你少胡說八道啊。」

孟七郎不死心，還想再說，一聲驚呼打斷了他。抬頭望去，徐三娘身邊跟著一堆僕婦，站在石階上像是一座山。

徐三娘居高臨下，眼神怨毒，皮笑肉不笑地道：「哎喲，我當是誰呢，原來是孟家姊妹呀！哎，妳們孟府是不是風水不好，怎麼姊妹們都接連被夫家休回家，成了沒人要的棄婦啊？」

孟家三兄妹互看一眼，孟六娘眼神凌厲，孟七郎一臉憨厚，手掌一翻，匕首滑到手心。

孟夷光神情淡淡，不緊不慢地道：「佛門淨地，怎麼會有狗在亂吠？」

徐三娘臉色一黑，眼神從裴臨川身上掠過，不甘、憤恨各種複雜情緒在心裡翻滾，她尖聲道：「孟九娘，妳算什麼東西，妳罵誰是狗呢？」

裴臨川眼神困惑，揚聲道：「妳長這麼醜都嫁不出去，哪裡來的臉嘲笑她們？」

阿鑾覺得好玩，拍著小手笑嘻嘻地跟著學舌。「嫁不出去，嫁不出去……」

孟七郎頓時哈哈大笑，孟六娘也噗哧笑出聲。

孟夷光同情地看著徐三娘，這位真是女壯士，越挫越勇，一次次挑釁，上次的追殺之仇，她還沒有報呢！

徐三娘神色變幻不停，聽到他們的嘲笑，還有阿鑾不斷重複「嫁不出去」，新仇舊恨一起湧上心頭，她扯著嗓子直罵。「沒爹的小畜生，你給我閉嘴，再敢亂說，我撕爛你的臭嘴！」

孟七郎臉上笑意散去，眼神一凜，渾身暴起。孟夷光眼疾手快拉住他，對他使了個眼色。

阿愚身形快如閃電躍上石階，手掌翻飛，寒光閃過，青絲簌簌掉落在地。

徐三娘慘白著臉，突然尖聲大叫，捂住了頭。

她頭上的髮髻垂落散向兩旁，頭頂中間處，頭髮貼著頭皮被剃得乾乾淨淨，黑髮襯著雪白頭皮，看上去像是菩提根雙面蓮花。

丫鬟婆子們都看傻了眼，不敢上前。

徐三娘像是瘋了般，捂著頭轉身就跑，淒厲地叫道：「我要殺了你們，一個個通通不放過，將你們誅九族，碎屍萬段……」

裴臨川很生氣。他極少有這樣的情緒，厭惡一個人到無法忍受的地步。以前對徐侯爺以及徐家，只要不出現在他面前，他根本不會想起他們。就算偶爾遇到，也是視若無睹，情緒再激烈一些，就直接像是趕蟲蟻那般罷了。

沒想到這次在上山的途中，再度遇到徐三娘。上次徐家試圖殺害孟夷光，以至於令自己腹部受刀傷的事，再次湧上心頭。

他受傷無所謂，可是他們居然敢對孟夷光下手，這點他絕對無法忍受。

第五十八章

京城晚市散去，早市接著開始，鋪子的門板被放下來，夥計們三三兩兩站在街邊漱口。掌櫃講究些，買了熱湯麵後，還會順便喝上一碗藥湯。

天氣越發炎熱，京城百姓會選在清晨出門以避開日頭，街頭巷尾的人在此時也越發多。

幫閒們更是早早出門，去酒樓瓦子裡候著，搶著奉承貴人們，說些吉利話幫著跑腿，賺上幾個大錢，也能維持生計。

這時，街上的人興奮至極，相互吆喝，傳遞著消息，成群結隊往貴人巷裡面跑。

貴人巷顧名思義，這裡離皇宮近，周圍宅子裡住的人都非富即貴。

徐侯爺也被皇上賞賜貴人巷的宅子，搬進來時大宴賓客三天三夜，徐府門前馬車排起長龍，從巷子堵到大街上去，比鄉下過年唱大戲時還要熱鬧。

然而，那些熱鬧都遠遠比不上今朝——府門前圍滿了看熱鬧的百姓，甚至圍牆上、樹上都爬滿人。

府衙的捕快全部出動，來到侯爺府前，生怕有人乘機作亂。他們並不敢上前阻攔制止，府尹也裝死，反正兩邊都不敢得罪，只得進宮去向皇上稟告，讓他拿主意。

徐府大門倒在地上，已被砸得稀巴爛。

阿愚和阿聾用板車拉了一車活雞，用匕首割開脖子，抓著雞翅膀與雞頭，無比認真地將雞血從大門口起，一點一點直灑到前廳正屋。

徐侯爺被皇上封為長恩侯，門簷上金光閃閃的「長恩侯」匾額被劈成兩半，新換上白底黑字的匾額，匾額上面寫著「狗屎堆」三個遒勁大字，臭味彷彿透過筆鋒撲面而來，令人捂鼻的同時，又讓人捧腹大笑。

「哎喲，這不是國舅爺嗎？惹到了不該惹的人？」

「咦，那不是國師大人嗎？上次在藥鋪門口見過，長得真是比花還要好看。」

「對啊，上次徐家小娘子還自薦枕席想要做妾，被國師嫌棄了，這次莫非又要上趕著去，惹惱了國師？」

「侯爺家的女兒去做妾？哎喲，這真是千古奇談，這徐家小娘子得有多醜啊……」

「欺人太甚，欺人太甚……」

大門已破，擋不住外面看熱鬧的人，各種議論聲傳進徐侯爺的耳朵，他眼冒金星，已經喊得喉嚨嘶啞，要不是身後隨從扶著，早已站立不穩暈了過去。

全府的下人們都圍在他身後，有人在傷心抹淚，有人面色憤恨，有人害怕地縮成一團，有人不時偷笑，幸災樂禍。

徐家的兒子們各據一方，試圖將自己隱匿起來，卻因太過粗壯，身上都裹著鮮豔的綾羅綢緞，不管怎麼藏還是很顯眼。

在他們身前，裴臨川拄著大刀，面無表情，站得筆直，像是孤軍奮戰的英雄，一人面對著徐府上下眾人，卻不見絲毫的慌張。

阿愚和阿聾灑完雞血，將雞隨手一扔。未斷氣的雞四處撲騰，雞血、雞毛亂飛，混著看熱鬧的人指指點點，皇上千軍萬馬打進京城時，也沒有這般的喧囂氣勢。

府尹在皇上處領了旨意，王相與太子也得到消息，慌慌張張趕來時，裴臨川正準備離開，與他們狹路相逢，被堵在門口。

太子見到滿府滿地的血跡混亂，腦子裡嗡嗡作響，血氣上湧，手指著裴臨川，嘴唇抖動半天，哆嗦半天才吐出一個字。「你……你……」

王相也火冒三丈，裴臨川就算是國師，也太過囂張無禮。國有國法，家有家規，這不是在打徐侯爺的臉，這是在當場打太子的臉！

王相黑著一張臉，吩咐隨從小廝將大門圍住，隨著太子來的禁衛班值，去驅逐看熱鬧的閒人。

「滾開，再不走，冒犯了太子、相爺，等於冒犯天顏！」

禁衛班值大聲吆喝，粗魯地推搡著人群，拿起手上的刀鞘，劈頭蓋臉砸向跑得慢的人，尖叫聲、哭喊聲四起。

有那膽大的人憤怒地吼道：「禁衛班值殺人啦，太子相爺殺人啦！」

「天子出巡也沒這般陣仗，我們究竟犯了什麼律法？」

跑動的人群漸漸停下來，群情激奮，眼見就要朝禁衛班值撲過來，混亂不堪。

王相心一涼，氣急敗壞地大吼道：「住手，你們都給我住手！誰讓你們對他們動手的？」

禁衛班值頭領見狀，忙收回刀鞘，高呼一聲。「大家都退回來。」

禁衛班值退後一步，站在那裡一動不動，任由人群又慢慢圍上來。

王相只覺得喉嚨發甜，無力地轉身。

看吧，看吧，反正都被他們看去了，攔也攔不住了。

裴臨川根本看都未看太子與王相，他站在這裡，是因為被門口的混亂擋住去路，這時見門外平息下來，又抬腿向外走去。

王相怒氣攻心，厲聲道：「國師，你無緣無故闖入徐侯爺府邸，無視規矩禮法，既然京城這麼多父老鄉親都看著，不如說出來讓大家聽聽，讓他們評評理？」

裴臨川停下腳步，疑惑地看著他，問道：「為何徐侯爺全家可以不講理，我就需要講理？」

「我怎麼不講理了？啊，我什麼時候不講理了？你將我女兒的頭髮剃成陰陽頭，我還沒找你算帳呢！」

徐侯爺撕心裂肺地尖叫，跳起來震得青石地面都咚咚作響。

裴臨川聲音清冽，不疾不徐地道：「太多，罄竹難書。你女兒又醜又惡毒，長得醜本就是大錯，再加上蠢笨如豬，是錯上加錯。」

徐侯爺氣得老淚縱橫，拍著大腿哭道：「殿下啊，我平白無故受此侮辱，這讓我怎麼活下去啊？」

太子平緩了下心情，終於能說出話來，怒斥道：「放肆，徐侯爺乃是皇上親封一等勛爵，豈能由你如此不放在眼裡，大肆誣衊！」

裴臨川抬起手比了比，認真地道：「太大了，眼裡放不下。」

他看向太子，思索片刻道：「他是你舅舅，家裡的小娘子們長得太醜嫁不出去，要不你將她納進東宮吧，也省得她們到處說要與人做妾。」

太子眼前浮現出表妹們的身影，不由得後退一步。

王相見狀，心裡失望更甚，裴臨川從來就無所顧忌，再說下去只怕會更丟臉。他上前一步搶著道：「我們還是進宮，去皇上面前說個清楚明白，皇上自會還侯爺一個公道。」

裴臨川斜睨著王相，非常不滿地道：「我本來要進宮，是你攔著我在這裡廢話半晌，白白耽誤我。」

王相將所有的苦楚都嚥回肚子裡，裴臨川可以不要臉面，他也從來不知道，更不在乎這些，可自己還要。王相垂下腦袋悶聲不響，與徐侯爺與太子又回了宮。

徐侯爺府前的消息，源源不斷傳到皇上跟前。今日沒有大朝會，他好不容易有工夫在于美人處廝混到天明，正準備歇息一陣時，卻又被拉起來。離開時又遇到張賢妃，哀哀怨怨，哭哭啼啼，將他的好心情毀得一乾二淨。

皇上眼下發青，強打起精神罵道：「都來給我說清楚，究竟是怎麼回事？一個侯爺，一個國師，鬧出這麼大的動靜，丟的豈是你們的臉，我大梁的臉都被你們丟光了！」

徐侯爺搶在前面，跪倒在地，哭號道：「皇上啊，你要為我作主啊！一大清早我都還未起床，聽到外面傳來一聲巨響，嚇得以為是有叛軍攻破京城啊。那麼厚重的大門，生生被砸得稀爛，府裡又被國師的隨從，殺了一堆雞，四處灑滿雞血。我從頭到尾都不明白，我是何處得罪了國師啊。

「我家三娘子見他長得好看，說要做他小妾，這也是年輕小娘子不懂事，他已經將她頭髮剃掉，三娘已經名聲盡毀，吃足了苦頭，他難道還不滿意，硬要將我們全府上下，全部逼死才會善罷甘休嗎？」

皇上撐著頭，有些訝異地看了一眼徐侯爺，他這番話說得如此流暢，難道一夕之間變得聰明了起來？

王相的心中微微鬆了一口氣，一路上教這個蠢貨怎麼哭訴、怎麼說話，辛苦總算沒有白費。

他出列躬身，叉手施禮道：「皇上，我今朝在相堂當值，得知消息後趕去一瞧，徐侯爺府裡已經一團混亂，他雖生氣，卻礙著國師的尊崇未曾反抗。唉，看熱鬧的閒人太多，府前的動靜估摸著已傳遍京城，要是不秉公處理，只怕會引起上行下效。」

皇上見裴臨川端正地坐在圈椅裡目不斜視，好似他們說的與他無關一般，神情淡定，不由得怒道：「你呢，可有何話要說？」

裴臨川站了起來，一聲不響解著身上的衣衫，屋內眾人都莫名其妙地望著他，只有徐侯爺，眼神閃爍，臉色漸漸發白。

「這裡，被亡命之徒砍了一刀。」裴臨川精瘦的腰腹上，猙獰的刀疤顯得尤為明顯，他將衣衫穿好繫上，語氣平平。「這是在瀛州時，徐侯爺買通亡命之徒，想殺孟家一行人，我救他們所受的傷。」

他坐回圈椅裡，垂下眼簾略帶羞澀地道：「在侯府門口就想解開衣衫，可人太多，要是被人看去，好似有些害羞，我媳婦也會生氣。」

屋內眾人呆愣住了。

王相此刻無比感激裴臨川不合時宜的害羞，要是在府門前露出這一身傷疤，被圍觀人群看到，徐侯爺的臭名不管是真是假，就再也洗不乾淨，作為太子的舅家，被連累的可不是一星半點。

他本來想說死無對證，可想到裴臨川的本事。又怕他會較真，順帶翻出瀛州知州之死的命案來，自己也會被捲進去脫不了關係，乾脆閉嘴，不再說話。

皇上睡意飛去，揉了揉眼，難以置信地瞪著他道：「你怎麼不早說？」

裴臨川從容不迫地道：「我忘了，是徐家那個醜娘子又跳了出來，我才記起此事。」

徐侯爺權衡再三，心一橫膝行幾步，趴在皇上腳下咚咚磕頭，哭道：「皇上，我根本不曾知曉此事，都是我教女無方，養得她無法無天，私自犯下如此大的罪行。皇上啊，我這就回去處置了那個畜生，給國師賠罪啊。」

皇上心裡嘆息，他又如何不知徐三娘哪有那麼大的本事。只是徐侯爺跟在他身邊多年，雖然蠢卻一直忠心耿耿，再說孟家也無人受傷，裴臨川更好好地坐在這裡，還有力氣去砸了徐府，讓他們在全京城面前顏面無存。

徐三娘雖然可憐做了替死鬼，可這一切的事也是因她而起，她死了不再四處惹事，也算是一樁功德。

皇上擺擺手道：「阿川，你出夠了氣，此事就此了結，不許再胡鬧。徐侯爺……」遲疑停頓片刻，終是嘆道：「好好送她一程。」

太子雖然不願意娶舅家的表妹，可他們自小一起長大，還是有幾分感情。此刻聽到徐三娘沒了活路，心有戚戚焉，神色悲憫，眼睛漸漸泛紅。

皇上瞄見太子神色，心中總算滿意了幾分。這個兒子雖說性子綿軟，卻心慈手善，先生說嫡長子是天命之人，當時他還有些不敢相信，趙王聰慧，魏王善戰，哪一個不比他強？

現在他總算有些隱隱明白，這個兒子承繼大位之後，至少其他的幾個兒子能性命無憂。

裴臨川神情微微煩躁，微垂著眼簾想著自己的事，對於徐家誰死誰活，他一點都不關心。

現在他擔心的是，自己雖沒有在很多人面前脫衣衫，可終是在皇上與醜八怪面前脫了，他們見到自己的身子，孟夷光會不會生氣呢？

孟夷光在莊子裡，徐侯爺門前的熱鬧，被老神仙及時送了過來。她看完後真想將裴臨川揍一頓。徐家雖然蠢，可留著他們還有大用。要是沒有這個豬隊友拖後腿，以王相的精明，再處理起太子一派的事，就能輕鬆許多，太子又有先生加持，會更加難以對付。

裴臨川來到莊子，在書房裡見到她沒有像往常般笑臉相迎，心裡忐忑不安，靜靜矗立在她面前，緊張兮兮地問道：「妳生氣了？」

「徐侯爺如何了？」孟夷光沒好氣地反問道。

裴臨川飛快說了宮內發生的事，又緊緊追問道：「妳生氣了嗎？」

孟夷光聽到徐侯爺沒事，頓時長長舒了口氣。她還沒有說話，就見他雙手翻飛，著急慌忙解著衣衫。

越急越解不開，他乾脆用力一扯，衣衫被撕開露出胸膛，她驚得瞪圓了眼。

他這是在做什麼？

裴臨川挺了挺胸膛，又走近了些，眼含祈求地看著她，說道：「只讓他們看了一眼，妳多看幾眼吧！不，妳想看多久就看多久，看不夠的話摸也行，妳不要生氣了，好不好？」

孟夷光一開始時還雲裡霧裡，待聽明白了他的話，霎時趴伏在榻几上，笑得直不起腰來。

第五十九章

皇后坐在華麗卻空盪盪的寢宮裡，身上深青色的緙絲褙子，尚服局量身繡成之後，送來已經不甚合身，腰身寬了兩指。

她突然想到看到的儺戲中，那些戴著鬼神面具的儺人，自己此時像極了他們。

徐侯爺嗚咽的哭聲好似還迴盪在宮殿內，經久不散，她彷彿還聽到去世阿娘的哭聲，埋怨她沒有照看好娘家兄弟。

以前她還會去皇上面前求情，自從皇上登基之後，越來越多的人告訴她，她的夫君已不是普通的夫君，是大梁的國君，他的一舉一動，都牽扯到大梁的江山。

他歇在何處，都會記載在起居注裡。以前那些小妾，已經不能稱為妾，都是皇上後宮妃嬪，記錄在冊有了品級，她不能隨意打罵發賣。

皇后嘴角譏諷越來越濃，皇上歇在何處又與她有何關係，他們早就只有夫妻之名，無夫妻之實。先前看著後院一個個新鮮水靈的小妾進門，登基後他寵了一個又一個，他早就不是她一人的夫君。

可兒子，是她一人的兒子；徐侯爺，也是她唯一的兄弟。

皇后眼神狠戾，手緊緊拽著衣衫，殿內擺滿冰盆，她的手心卻滿是汗。

徐侯爺失魂落魄地從皇宮回到家，走進自從搬進來就空置的書房，在裡面坐了小半個時辰，讓人將賈胖子傳來，仔細詢問之後，黑著臉叮囑了又叮囑，才讓他退出去。

賈胖子走出徐侯爺府，回頭看了眼新做的朱紅大門，大門新掛上去的匾額，空氣中仍飄散著新漆味，他抽了抽鼻子，躊躇滿志。

徐侯爺終於肯信自己，先前得到發財的消息，迫不及待稟報上去邀功，卻被他罵了個狗血淋頭。

說他比豬都笨，天上只有下雨、下雪、下冰雹，從沒有見過下銀子的，這麼好的事，怎麼可能輪到自己？

現在侯爺府被國師砸破大門，鬧得滿城風雨，徐侯爺顏面盡失。賈胖子簡直想仰天大笑，他倒楣，總算輪到自己走運，真是天道好輪迴啊！

賈胖子渾身是勁，一刻都不肯耽擱。尋到了錢貴，午時已過，他似乎剛剛起床，睡眼惺忪。

錢貴就著嬌俏丫鬟的手喝了幾口參湯，笑著招呼道：「快坐，快坐，昨晚一高興，與桃娘子多喝了幾杯酒，胡混得晚了些，一覺就睡到了這個時辰。」

「老錢這是遇到了喜事？嘿嘿，我這裡恰逢也有一樁喜事要與你說。」

賈胖子在他旁邊的圈椅裡坐下，順手摸了把丫鬟細膩的玉手，從她手中接過茶杯喝了口，見丫鬟媚眼如絲斜睨了他一眼，扭身嫋嫋娜娜走遠了，他才收回視線。

「哦？」錢貴不動聲色瞧著他，意味深長地笑道：「賈兄弟莫非是看上了我這個丫鬟，想要再做一回新郎官？」

賈胖子嘆了口氣，遺憾地道：「我倒想，可家裡那隻母老虎只怕要與我拚命。算了，算了，還是說正事要緊。老錢，你那些在手裡的貨，現在我可以全部接下來。」

老錢愣了下，一拍大腿遺憾至極。「哎喲，你怎麼不早說，昨兒個我就將貨出得七七八八，這不連慶功酒都已喝過。」

賈胖子臉上的喜意瞬時僵住，心裡憤怒至極。

屬於他的貨怎麼能給別人？白花花的銀子眼看就要到手，一下成了水中月鏡中花。

賈胖子猛地一拍几案，氣急敗壞地道：「老錢，你這是什麼意思？你是看不起我還是怎麼著？我跟你說，你看不起我沒關係，可你知道我背後是誰嗎？說出來嚇死你！」

老錢也急了，雙手不斷亂搖，苦著臉一迭連聲地道：「我說賈兄弟，你與我相識也有了一些時日，我豈是那樣踩高捧低之人？不瞞你說，一開始我不知道你是誰，可我也沒有瞧不起你吧？後來我大致知曉你是貴得不得了的貴人，我就算再急再苦，也沒有巴著你幫我解決難題吧？這是為何？因我見你爽快沒有花花腸子，真心拿你當好友當兄弟看待，不願讓你為難。

「我一直在尋買家之事，可曾瞞過你？可你從沒有說要啊，要是你說要，哪怕別人多給我一成利，我也斷不會給他，會眼都不眨先緊著你。我全部身家都在這船貨上，要是脫不了手，可不得賠個傾家蕩產？本來走海船，就是拿命在賺銀子，海上遇到風浪、海盜都是常事，多少船一入那茫茫大海，就再也沒有回來過。」

錢貴說著話已經潸然淚下，黑瘦蒼老如枯樹枝的臉，皺紋叢生，常年走海的人，風吹日曬後，同樣的年紀，比尋常人看去要老上個十來歲。

賈胖子見他賭咒發誓，誠懇至極，哭得讓人心酸又可憐，心中的怒火也慢慢散去。但是，一想到自己在徐侯爺面前許下的大話，還有自己的富貴前程，賈胖子頓時心痛如絞，一下癱倒在圈椅裡。

怎就這麼倒楣，不過就差了一天，就一天！

賈胖子思慮再三，心一橫，神色陰狠。「這些貨是由誰接去？」

錢貴愣了下，抹了把眼淚，嘆道：「唉，我知你心中做如何想，可我看到你我交好一場的分上，就多嘴勸你一句。一則做買賣講究的是宅心仁厚，君子愛財，取之有道；二則是殺雞取卵，那是自斷生路。你就算拿回這一船貨，可天下沒有不透風的牆，以後誰還敢與你打交道？這些貨賣完之後，你的鋪子就空在那裡？」

賈胖子張著嘴，眨巴著小眼睛，一時說不出話來。

對啊，他與徐侯爺都沒有想到，這船貨賣完之後，沒有後續海貨，他們又沒有海船，總不能次次都靠搶貨吧？

那樣誰還會拚命出海送貨給他們？到時他們的鋪子豈不是要關門大吉？

「唉，我還有些貨，你們先拿去試著賣，先將鋪子打出名氣來再說。你看馬行街上，海外奇珍鋪子與趙王家的八珍樓，這兩家鋪子生意最好。你的鋪子不去與他們比，就是從他們手中撿些漏，也能賺好些銀子。」

賈胖子聽到趙王，恨恨地道：「憑什麼要從八珍樓手上撿漏，我呸，待到太子登基後，有他好看的。」

錢貴滿臉無奈，含糊地道：「這太子殿下現在還只是太子殿下。唉，我們是兄弟，最最親的兄弟，這些話跟我說說沒事，要是被別人聽到了，可是砍頭的大罪。」

賈胖子打了個顫，慌張四顧，見屋內只有他們兩人，才鬆了口氣。見錢貴一直好心提醒自己，心裡不免又對他親近了幾分，怏怏道：「我也只是在你面前說說，徐侯爺給太子丟了臉，現在正忙著找補呢，我在他面前誇下海口，要是回去說貨都沒了，還不得被他打死。」

錢貴沈默半晌，深深吐出了口氣，像是下了大決定一樣，說道：「不怕你笑話，我們這些做買賣的人，都想尋一個大靠山，可靠山太可靠，這利就要薄幾分去，尤其是我們這些走海船的，更要慎之又慎。」

賈胖子見他神情鄭重，也坐直身子，屏息凝神聽著。

錢貴臉色糾結，半晌後才呼出一口氣，繼續說道：「不瞞你說，這次我小賺了一些，尋思著要不要多加一條船，可這本金又一時周轉不過來，想要去尋個可靠之人入股。既然你們有著做長久生意的打算，倒不如直接入股跑海船，你們有貨，又有自己的鋪子，豈不是能賺更多的銀子？」

「入股需要多少本金？」賈胖子眼睛一亮，心裡興奮得直怦怦跳。

他早就聽說，海外奇珍鋪子的東家有好幾條海船，帶回源源不斷的海貨，才能成為京城最大的海貨鋪子。

錢貴扳著手指估算了一下。「大致需要二十萬兩銀子左右。」

「二十萬兩？」賈胖子嚇得從圈椅裡跳得老高，失聲尖叫起來。他替花樓裡相好的紅姐兒贖身，也不過才花二十兩銀子。

錢貴嫌棄至極地看著他，嘖嘖道：「你看你，不過是二十萬兩銀子，值得你這麼大驚小怪的？你可知我一船貨除掉本金，賺了多少？」

賈胖子看著他比了個數，嘴張得可以塞下一顆雞蛋，半天都合不上。

「出海時帶一些瓷器、茶葉、綢緞去這些貴重品，但海外不比大梁富裕，用得起咱們瓷器、綢緞的人少，東西帶多了換就不划算。嘿嘿，還不如拿銀子去尋那些窮一些的人買貨，又便宜還隨你挑。其餘的都換成現銀，大致現銀得準備十五萬兩，全部換成金子，輕一些也好攜帶。」

賈胖子終於合上嘴，說道：「帶金子也重，帶銀票不是更方便嗎？」

錢貴哈哈大笑。「我說弟弟啊，銀票在咱們大梁的錢莊才能兌換，拿出去不過是一張廢紙。」

賈胖子也回過神，撓著頭不好意思地跟著笑，兩人笑完又一起用了午飯。酒足飯飽之後，賈胖子去看了剩下的一些海貨，又哼著小曲去徐侯爺府。

馬行街上。

鞭炮鑼鼓齊鳴，賈胖子渾身裹得紅通通，趾高氣揚站在門口，看著客人絡繹不絕走進鋪子，滿面紅光，不時興奮得哈哈大笑。

趙王聽到稟告，氣得連連砸碎好幾個杯子。

徐侯爺就是太子的一條狗，太子這是打定主意要與他過不去，見他賣海貨賺了銀子，也跟著開了海貨鋪，還取了九珍樓這麼個鋪子名，一看就是針對他的八珍樓，真是欺人太甚、欺人太甚！

賀琮負手，站在九珍樓鋪子前看了一會兒，又轉身回海外奇珍，走了幾步他頓住腳，不經意抬頭看了一眼對面的會仙樓，淡淡一笑又邁步向前而去。

孟夷光站在窗櫺後，看著對面鋪子的熱鬧，賀琮的身影映入眼簾，她忍不住蹙眉。見他似乎有所察覺往樓上看來，她嚇了一跳，忙往旁一閃。

他怎麼來了京城？

裴臨川坐在一旁喝茶，見她似乎受了驚嚇，忙問道：「怎麼了？」

孟夷光走過去坐下，若有所思地道：「賀琮來了京城，他可是少有的聰明人，精通買賣，要是被他看出來，這些可是一環扣著一環，要是在其中一環出了紕漏……」

見她的神情漸漸凝重，裴臨川面不改色，平靜地道：「殺了他。」

孟夷光思慮半晌，終是搖了搖頭。「雖說你死我活，可總不能疑人偷斧，亂殺無辜。」

裴臨川緊緊盯著她，不滿地道：「妳可是捨不得？我吃醋了，好酸。」

孟夷光哭笑不得，上次他脫衣衫的事，因為她大笑，他暗自生了好久的悶氣。

她哄了他許久，裴臨川才又開心起來，鬆了口氣嘆道：「我還以為妳嫌棄我的身子，不願意看呢。」

他的生氣點與關注點太過奇特，就像此時般，還是跟他解釋清楚吧，以免他不但吃醋，又會獨自氣好久。

「賀家與崔家交好多年，賀琮是賀家最有出息的子孫，要是他沒了，賀家定會一蹶不振，兩家本來就是相互幫扶，木秀於林風必摧之，一家獨大可不是什麼好事。」

果然，裴臨川聽完後，頓時眉眼含笑，輕快地道：「那不殺他，愛屋及烏，妳外祖父家也是我的親戚。」

孟夷光嘆了口氣。

算了算了，崔老太爺離得遠，不知道自己成了烏鴉，還是不與他計較吧。

咚咚咚！門被輕輕敲響後，老胡推開門走進來，躬身道：「賀七郎的隨從前來傳話，問妳是否有空，他在海外奇珍等妳，想與妳喝一杯茶。」

孟夷光愣了下，思忖片刻說道：「馬行街上人多眼雜，讓他明日來西山吧。」

第六十章

孟夷光看著正廳中間幾個大箱籠，心中驚疑不定，卻面上不顯，仍舊笑著與賀琮見禮。

裴臨川站在箱子邊垂眸凝視一會兒，不作聲彎腰打開一看，從裡面拿出香瓶，揭開蓋子後，香氣撲鼻經久不散。

他擰著眉合上蓋子，看著賀琮問道：「這些都是你送來的大禮？」

賀琮看著他的舉動，尚在愣怔間，聞言苦笑道：「國師真性情。」

裴臨川不喜委婉寒暄，當即打開箱子詢問，也省了許多口舌，雲裡霧裡說一半留一半，倒不如這樣直截了當來得痛快，因此孟夷光微微一笑，不作聲站在一旁觀望。

裴臨川拿出帕子，慢條斯理擦拭著手指，淡漠地道：「表明心跡還是投誠？」

賀琮看了一眼孟夷光，投去求救的眼神，她卻微笑不語。

他無可奈何笑起來，解釋道：「九珍樓所售貨物，樣樣皆為上品，這些東西大致都能看出來歷，我心中也有數。再加之在會仙樓瞧見九娘子，猜想妳必是在做大事，如果我一直裝作不知，倒惹來妳的猜疑。所以才讓隨從來尋妳，一是表明我無惡意，二是想妳的貨物定不多，想著乾脆助妳一臂之力。」

孟夷光心裡一緊，賀琮真是難得的聰明人，不過是些許貨物，還是她嫁妝中未示於人前之物，都被他看出端倪，京城中不乏有聰明人，究竟還有多少人看出來了？

賀琮似看出她心中所想，忙道：「妳放心，不是經常跑海船的人，定看不出個所以然來。」

裴臨川面色平靜，淡淡地道：「看出也無妨，殺了便是。」

賀琮吃了一驚，轉頭看向孟夷光，見她仍舊神色淡定，心裡不免有些失落。

他們雖然性子完全不同，一人沈穩大氣，一人清高孤傲，卻意外合拍，像是珠聯璧合，任外面狂風暴雨，他們自巍然不動。

賀琮自嘲地笑了笑。「對不起，是我自作聰明，班門弄斧。」

孟夷光沈吟半晌，坦然地道：「不瞞你說，我見到你也嚇了一跳，沒想到你來了京城。徐侯爺家的鋪子開了之後，再加上趙王爺的鋪子，海外奇珍的買賣肯定會差一些，倒是你心胸寬廣不計較，未曾落井下石，還送來這麼多好貨，真的多謝。」

見孟夷光盈盈屈膝施禮，賀琮忙避開，又還了一禮，也乾脆地道：「他們兩家都是京城的權貴，說實話，賀家誰也惹不起。現在看來海外奇珍還安然無恙，再過些時日就未必了。既然如此，還不如乾脆豁出去，是死是活，就看天命吧。」

「火中取栗，當心惹火燒身。」孟夷光眼神莫名，輕聲道。

賀琮笑著搖搖頭。「賀家曾多次差點家破人亡，最後都有驚無險避了過去，要是什麼都不做，早就沒了賀家。天下動盪多年，也見多了興衰榮辱，如今雖已太平，世道卻仍然艱難。令尊去了北疆後，我與祖父就詳談過，他對我說過一句話，那就是落子無悔。」

孟夷光不置可否，招呼他坐下來，提壺倒了杯茶放在他面前，笑道：「不是小君眉，不知你喝不喝得習慣。」

賀琮頷首施禮，歉意地道：「青州那次，是我小人之心，還請勿怪。」

孟夷光不在意地道：「是長輩們太過心急，也怪不得你。如今說開來，這件事也就過去了。」

賀琮一愣，喝在嘴裡的茶漸漸發苦。她太過聰慧，不動聲色將自己推開，絲毫不留餘地。

裴臨川一直坐在旁邊安靜喝茶，此時像是聽明白什麼，眼中帶著毫不掩飾的炫耀看向賀琮。「你不夠好。」

這個祖宗，現在還在那裡說風涼話。

孟夷光瞪了他一眼，又對賀琮歉意地笑了笑，突然問道：「趙王鋪子裡的貨，可是由你家供出？」

賀琮拿著茶杯的手一頓，心中苦意更甚，她遠比自己所想的聰慧，他看出了她的動作，她卻僅憑著一點蛛絲馬跡，也看出賀家與趙王的縷縷牽連。

「是，趙王鋪子的貨，賀家一個大錢都沒有賺，只略微收了些本錢，如不是這樣，海外奇珍又怎麼開得順當，只怕早就關門大吉。賀家也是無奈之舉，總比海船的利要分幾股給趙王強上一些。」賀琮眼中寒光一閃，口氣嘲諷。「貢院燒了之後，趙王的胃口越來越大，已經連著拿了好幾次貨，卻一個大錢都沒有付過。這些貨，遲早要被他全部搶去，我就是全部倒進海裡，也不會白白便宜了他。」

他站起身走過去打開箱籠翻出一個小匣子，拿過來放在孟夷光面前，她微微一震，裡面是滿滿一匣子成色上佳的青金石，遲疑地道：「這，也太貴重了……」

「賀家給趙王的貨，絕大部分都是香藥、香料，以及一些常見的貓眼石。海外奇珍的鋪子也從未買賣過青金石，這些在九珍樓一出現，趙王肯定坐不住。」

他冷冷地道：「既然他們都想著不勞而獲，那就再多送他們一些，由著他們鬥個你死我活。」

孟夷光思忖片刻，低聲說了自己的打算。

賀琮大駭，他只是想到讓太子與趙王鬥，卻根本沒有想到，她還要將這潭水攪得更為渾濁，而且她的那些手段，自己根本料想不到。

他不由得看了一眼裴臨川，心裡的酸意壓都壓不住，直往上冒。

「九娘妙計，我自愧弗如，如今也只能幫著添把火。」

孟夷光頷首。「有勞。」

賀琮心裡不是滋味，再也坐不下去，起身告辭，微頓了下說道：「不知我可否與妳單獨說幾句話？」

孟夷光還未回答，裴臨川搶先說道：「不用與她單獨說，我與你單獨說。」

賀琮眼含祈求，孟夷光欠身施禮。「與他說亦是一樣。」

裴臨川卻不耐煩了，瞪著他道：「怎地如此囉嗦！」

賀琮張了張嘴，算了，只得叉手施禮，垂頭喪氣走出正廳。

外面天氣炎熱，裴臨川沿著抄手遊廊走了幾步便站住腳，仔細端詳賀琮半晌，不解地問道：「你為何對她戀戀不捨？」

賀琮心裡的酸意還未退去，又被他不加掩飾的打量，看得心頭火氣直冒，當下也不再客氣，冷聲道：「你為何對她戀戀不捨，我便為何對她戀戀不捨。」

誰知裴臨川並未動怒，反而神采飛揚，眼底眉梢都是笑意，點點頭道：「她是很好，全天下最好的，你這般也是情有可原。」

賀琮訝異片刻，又恢復了平靜，對他又多了些了解，斷不能以世俗的眼光去看他，這真是世外高人才有的境界。

「不過你已沒有機會，生生世世都不會有。」裴臨川聲音輕快，揚了揚拳頭，斜睨著他道：「我們不會輸，你很有眼光，投靠對了人。不過僅限於此，要是你再糾纏不放，我會揍得你鼻青臉腫，將你趕出京城。」

賀琮神情怪異，他相信裴臨川所言不虛，可是他太過坦誠，就不怕自己反悔，將他們全部出賣了嗎？

裴臨川說完，就不再理會賀琮，轉身大步往正廳走去，沒多時，他就與孟夷光攜手雙雙走出來。

明明離得不遠，他們卻沒有見到立在迴廊上的賀琮，兩人親密地說著話，穿過月亮門走向後院。

烈日炙烤，天氣熱得讓人受不住，九珍樓的生意也如天氣般，旺得讓趙王雙眼通紅。

九珍樓不知從哪裡弄到好些青金石，尋匠人用金絲串起來，高高擺在店堂中做鎮店之寶，哪怕是買不起之人，也聞訊而來，擠在大門口去瞧上幾眼稀奇。

更讓趙王難以忍受的是，賈胖子成日唾沫橫飛在吹噓，九珍樓有了兩艘海船，馬上就會出海去，到時候會帶回來更多的奇珍異寶。

趙王找到海外奇珍，鋪子裡比八珍樓還要冷清，掌櫃見到他來，很有眼力見兒，乾脆將鋪子裡一些值錢的貨物全部奉上，現在海外奇珍櫃檯空盪盪，就差沒有關門大吉。

就算拿了海外奇珍的貨，也只是將將與九珍樓打了個平手，這哪能解趙王的心頭之恨。

可再逼掌櫃，他也拿不出貨來，只是哭喪著臉一直叫苦，說是東家血虧，連出海的本銀都沒有湊夠，更打算關了京城的鋪子，他們實在是沒法子，愛莫能助。

趙王心裡一算計，心一橫道：「既然如此，要不我出銀子雇你們的船出海去，要是帶回來的貨物賺了銀子，我定會有重賞。」

掌櫃心裡冷笑，面上卻不顯，恭敬地道：「王爺，這麼大的事我可作不了主，得請示東家之後，才能答覆你。」

趙王臉色霎時沈了下來，陰陽怪氣地道：「哦，你們東家真是了不得的貴人，這麼久我都未能見上一面，要不我親自去青州賀府登門求見？」

掌櫃叫苦不迭，叉手躬身，一直賠禮。「王爺息怒，王爺息怒，都是我這張嘴不會說話，惹了王爺生氣。東家曾吩咐我，只要王爺提出的要求，都要全部照辦，只是這事實在太大，我一時糊塗自作了主張。」

趙王與掌櫃打了不少交道，他也算忠厚本分之人。見他連聲道歉，神色也和緩幾分，哼了一聲道：「你個老東西，淨會拿著雞毛當令箭，罷了，你我相識一場，也就不與你計較了。」

「是是是，王爺大度，切莫與我計較。」掌櫃諂笑著連聲附和，頓了下又道：「這樣吧，你先去準備銀子，我這就遞消息給東家，讓船先準備起來，待銀子一到立馬可以出海。」

趙王這才滿意，哈哈大笑著拍了拍掌櫃的肩膀。「好，你放心，既然你知趣，我定也不會虧了你。」

掌櫃喜笑顏開，點頭哈腰地將趙王送出鋪子。見他上馬車走遠了，才直起身不屑地一笑，提著衣衫下襬急匆匆地跑向後院。

馬行街上的萬通錢莊，京城無人不曉，這是太后親弟弟李國公家的鋪子，潑皮閒漢從不敢惹，見了都會繞著走。

今天雖然烈日當空，看熱鬧的閒漢們卻不怕熱，將鋪子門口圍得滿滿當當。

徐侯爺臉色陰沈，趙王雙眼噴火，像是兩隻鬥雞互不相讓，錢莊掌櫃急得團團轉，不停地勸說，卻無人肯讓步。

趙王一拍几案。「我存在錢莊裡的可是真金白銀，現在要來取回去，你們卻推說銀庫裡沒銀子，莫非是想吞了我的銀子不成？當初可是太后下令，讓我們都把銀子存在這裡，說是萬通錢莊保我們無憂，要是今天拿不出銀子來，我們就到太后她老人家跟前說理去！」

掌櫃都快哭了，顧不得滿腦門子的汗，低聲下氣地道：「王爺，不是銀庫裡沒了銀子，是你們兩位都要來支取銀子，這一下哪裡拿得出來這麼多現銀？」

徐侯爺身子快抵得上兩個趙王，他一掌拍到几案上，氣勢更為嚇人，聲音震得人耳聾，幾乎將屋頂的瓦片都掀翻。

「我可不管，明明我來時，你先前還說沒問題，現在卻跟我說沒那麼多銀子。這瞎子都能瞧出來是怎麼回事，你這明擺著想要將銀子給別人。狗眼看人低的東西，你瞧不起我是不是？」

門外議論紛紛，不知是誰說道：「萬通錢莊莫非根本沒有銀子？哎喲，那些有錢人可慘了，存在裡面的銀子都打水漂。」

有人附和道：「可不是，銀票有個屁用，還是真金白銀拿到手上才安穩。」

掌櫃聽到外面的議論聲，神色大變，要是錢莊裡沒有銀子的假消息傳出去，那些拿著銀票的人前來擠兌，錢莊哪裡受得住，立馬會倒閉。

哎喲，李國公怎麼還沒有來……

掌櫃一邊蹺著腳等待，急得如熱鍋上的螞蟻。見趙王與徐侯爺已經站起身，像是要打起來，他眼見會越拖越亂，乾脆心一橫，大聲道：「依著規矩，是徐侯爺先到，來人，帶侯爺去後面清點銀子！」

徐侯爺瞥了一眼趙王，一甩袖子，昂著頭跟著夥計走了。

趙王氣得想要殺人，卻又不敢真對他動手。

在皇上還未登基之前，徐侯爺算是他的正經舅舅，他以前可沒少欺負自己，且身子比牛還要壯，只要一根手指頭，就能將自己摁得不能動彈。

趙王雙眼冒著寒光，只敢嘴裡罵道：「沒規矩的狗東西，簡直欺人太甚，欺人太甚！」

沒多久，徐侯爺運著銀子走了。

李國公身子虛胖，一直在郊外莊子裡避暑，接到消息匆匆趕到錢莊門口，門口已被人圍得水洩不通。

外面的人手上拿著銀票，不斷地跳著腳喊道：「什麼叫沒有銀子，錢莊關門了，我們找誰去？」

更有人當場痛哭起來。「我辛辛苦苦賺的血汗銀啊！」

李國公心裡一涼，放下車簾，陰沈著臉說道：「進宮去。」

第六十一章

太后聽了李國公的哭訴，氣得當場一拍几案，將皇上叫去大罵一番，讓他趕快下令平息此事。

皇上感到莫名其妙，他才接到馬行街上的消息，還沒理清來龍去脈，就兜頭挨了一頓臭罵。他心裡的怒意更勝過太后，將徐侯爺與趙王都叫進宮，不問青紅皂白，用比太后更為惡毒的話，將兩人罵得狗血淋頭。

徐侯爺與趙王趴在地上不敢動彈，心裡卻都憋著火，很是不服。

趙王心道：我的鋪子開得好好的，那個蠢貨卻來橫插一腳，這些你都看不到，真是偏心得沒了邊。明明都是你的親兒子，他那個草包不過是投到了大婦的肚子裡，就能這樣欺負人，要是他以後登了大位，還有我們這些兄弟的活路嗎？

徐侯爺更多的是委屈，暗忖道：明明大家都是憑本事賺銀子，我規規矩矩開我的鋪子，又關你趙王什麼事？你這是眼紅，恨不得全天下的銀子都被你一人賺去。我先去錢莊支取銀子，照著先來後到的規矩，你是王爺就能先依著你了？不過是一個小妾生的賤種！瞧你那酸不溜丟的樣子，還自詡是讀書人，我呸，識幾個大字就了不起。等到太子登基後，看你還怎麼囂張，君子報仇，十年不晚。

皇上罵累了，歇了口氣後，道：「你們給我從實招來，究竟是怎麼回事，老二先來。」

趙王起身，繃著臉從徐侯爺的九珍樓講起，說到去萬通錢莊支取銀子之事，他也知有些理虧，掐去頭尾，只含糊說道：「我實在不知錢莊裡銀庫會沒有銀子，哪會去尋太后的麻煩？父皇，我的鋪子叫八珍樓，他偏偏在旁邊開個九珍樓，這麼明晃晃的找碴，我都忍了下來，要說是我惹出的是非，真是天大的冤枉。」

徐侯爺聽趙王將過錯都推到自己身上，甚至連李國公家也拉下水，他漲紅著臉道：「我雖沒讀過書，卻也知曉做買賣都是憑本事吃飯的道理。一不偷，二不搶，鋪子大門都敞開著，客人願意去哪家買就哪家買，我可有欺行霸市？再說，也是我先到錢莊，依規矩支取銀子，難道這些也有錯？」

他們各執一詞，皇上卻只聽了個大概，瞇著雙眼，沈聲問道：「你們都賺了多少銀子？」

不約而同，趙王與徐侯爺心裡皆一咯噔，根本無須通氣，原本還如鬥雞般的兩人，瞬間又站成一條線。

趙王哭窮。「只能賺些王府上下的嚼用。」

徐侯爺唉聲嘆氣。「做買賣不比打仗，依靠力氣大就能賺銀子。府裡兒女們親事需要花銀子的地方太多，又不能貪腐，我愁得白髮都多了幾根。」

皇上看著徐侯爺湊過來的腦袋，嫌棄地別開眼，冷哼一聲。「事情因你們而起，萬通錢莊如今才麻煩纏身，要是你們處置不好，太后那裡可過不去，滾下去吧！」

趙王與徐侯爺聽到要他們去善後，頓時如遭雷劈，心裡雖然萬般不滿，卻再也不敢在皇上面前起爭執。兩人退出大殿，互相恨恨看了一眼才各自離開。

他們心心念念怎麼給對方使絆子，卻怎麼都沒有預料到，他們根本善後不了。

萬通錢莊沒有銀子的消息傳出去，拿到銀票的人都來擠兌，就算錢莊沒有放貸，除去錢莊買賣中的花銷、李國公府抽走的銀子，錢莊銀庫的銀子根本無力支付。

錢莊最重要的是聲譽，李國公也深知這點，就算他仗著太后的權勢，下令將京城其他錢莊都關閉，也不會有人再將銀子存進萬通錢莊。

兌換了一部分銀子後，萬通錢莊乾脆徹底關門大吉，任由那些拿著作廢銀票的人，在鋪子面前哭鬧。

萬通錢莊是李國公府裡最賺錢的鋪子，突然沒了之後，他將趙王與太子恨得牙癢癢，去太后面前哭訴多次，明著暗著說了他們許多壞話。

太后對娘家一心照顧，自然對太子與趙王沒有好氣，當皇后與張賢妃請安時，她再也沒有給過她們臉面，當著一眾妃嬪的面，甚至連座位都沒她們的分。

後宮很快變了風向，妃嬪們最擅長見風轉舵，皇上孝順自不說，就算以後太子登基，也不能不孝敬祖母。

再說，最近受寵的可是于美人，以前與張賢妃有過嫌隙的妃嬪，乘機落井下石，報復回去。

張賢妃日子難過，皇后的日子也好不到哪裡去，她雖然掌管宮務，可太后根本無視她的規矩，直接差身邊的嬤嬤去傳話，六局、二十四司莫敢不從，將她所有的權力全部架空，上行下效，後宮亂成一團。

皇后恨，張賢妃更恨。

于美人還住在她的偏殿內，皇上幾乎天天來，卻從未在她的正殿內歇過一晚。

張賢妃實在不甘心，這天精心打扮過，算著皇上來的時辰等在那裡，上前施禮，身子緊貼過去，風情萬種，媚眼如絲，嬌啼婉轉喚了聲。「檀郎。」

皇上見張賢妃小鳥依人，兩人又同床共枕多年，也不捨拒絕佳人的熱情，笑著攙起她的手，跟她一同去正殿。

兩人在殿內一起用了晚飯，喝了好幾杯酒，張賢妃媚眼如絲已有些許醉意，她告了聲罪後，起身去淨房，出來後換上一襲紗衣，姣好玲瓏的身段隱約可見。

張賢妃玉臉緋紅，銀牙輕咬著櫻唇，緩緩走到皇上面前，跪在他面前俯下頭。

皇上神色莫名，看著自己身前晃動的頭顱，青絲間隱著的白髮尤其顯眼。

他想到于美人年輕光潔的身子，酒意上湧，口乾舌燥，一把推開張賢妃，站起來整了整散亂的衣袍，說道：「時辰不早，妳早些歇著吧。」

張賢妃潮紅的臉頰，漸漸慘白如紙，她眼裡的光一寸寸暗下去，像是墜入冰窟裡，渾身不住顫抖。

這個曾經耳鬢廝磨多年的男人，如今嫌棄她到如此地步，甚至就算她渾身不著一物在他面前，他還是無動於衷。

難堪幾乎將張賢妃淹沒，淚水緩緩爬滿她的臉頰，以前他們之間有多少柔情密意，如今她就有多少恨。

太子與王相見徐侯爺又惹出麻煩，怒不可遏將他招去，可聽到九珍樓買賣海貨的盈利時，兩人都驚得瞪大了眼。

怪不得趙王出手闊綽，那些文會宴請連眼都不眨，上次燒了貢院賠了些銀兩，他卻一直叫苦叫窮，顯得委屈至極，不過是因為他處處針對太子而已。

徐侯爺沒有再挨罵，太子與王相比他還要上心，商議之後，將錢貴傳來仔細盤問一番，見他雖然頭腦靈活，卻還算老實，總算微微放了心。

為了謹慎起見，他們差人在京城打聽錢貴底細，見與他認識之人，所說之言都與他對得上，這下總算徹底放心。

太子派了身強力壯的隨從，由賈胖子領頭，押著那些裝著絲綢、瓷器與金銀的車輛，算了個黃道吉日，在一個矇矇亮的清晨，悄然出了京城。

又一年中秋來臨。

裴臨川來到莊子，孟夷光遠遠地瞧見他走過來，手上小心翼翼捧著一個圓肚玉瓷瓶，還以為是新得了什麼瓶子要拿來獻寶。待他慢慢走近，桂花的香氣也越發濃郁，才抿嘴偷笑。

他拿這麼貴的瓷瓶，居然裝了不值幾個大錢的桂花，真正是買櫝還珠。

「要醃漬桂花蜜，我早起去摘的新鮮花瓣。」

孟夷光接過瓷瓶，看了看裡面金黃細小的花朵。

這麼多花瓣，他得起多早就開始採摘啊！再說莊子裡也有桂花樹……唉，算了，還是不去笑話他，總算是他的一片心意，過了一年還不曾忘記要摘花給她。

「好，讓廚娘醃漬去。」孟夷光將瓷瓶交給鄭嬤嬤，笑著問道：「你沒有進宮嗎？」

再過月餘，就是皇上五十歲壽辰，宮裡忙著準備聖壽大典，祭祀慶賀禮儀繁多，裴臨川前所未有的忙碌。

魏王也回京城來賀壽，孟季年已經遞了消息回來，他跟在魏王一行身後，晚幾天就能到。

「桂花蜜重要。」裴臨川與她慢慢在園子裡走著，見四處奼紫嫣紅，菊花怒放，空氣中都是淡淡的香氣，他側頭看著她道：「國師府裡也花團錦簇，可總缺乏生機。」

「這花養人，人也養花，莊子裡人多，才會顯得熱鬧。」孟夷光笑道：「孟府裡的花花草草養得也格外好，可見這花草也有靈性。」

裴臨川沈吟片刻，說道：「國師府裡，人也很快會多起來。」

孟夷光愣住，神情詫異。

「我娶了妳之後，國師府裡的人就多了。」

孟夷光的臉竟然有些發燙，她斜睨著他，嗔怪地道：「成日竟說胡話。」

「我只會娶妳。」裴臨川將她的手握在手心，牽著她緩步走著，輕描淡寫地道：「等皇上死後，我們就成親。」

孟夷光頓了下。錢貴他們的車馬眾多走不快，掐算下路程，這兩天應有消息傳回來。

「皇上最近氣色很不好，他快死了。」裴臨川聲音輕快。「我見過魏王，他不算頂頂聰明，只是肯下工夫苦學，排兵布陣上有些天分而已。大梁的氣數也不過如此，如妳所說，哪有千秋萬代的基業。」

如今後宮亂成一團，皇上焦頭爛額，太后是他的親娘，拿她根本毫無辦法。

王相就算手伸得再長，也伸不到後宮太后跟前去，只能暗中打壓李國公，以免他成日陰陽怪氣，見著太子就哭窮，哭那些他損失的銀子。

李國公受了委屈，又去太后跟前哭，太后又找皇上出氣，皇上將所有的怨氣都發洩在皇后身上，一環環下來，最倒楣的人還是皇后。

孟夷光不擔心局勢，她最擔心的是先生。

「那先生呢？先生可會怎麼做？」

裴臨川見她神色不安，緊握了握她的手，安撫地道：「我不知先生會怎麼做，可他已經無力迴天。」

孟夷光愣怔，瞬即又豁然開朗。

先生怎麼做是先生的事，自從太子幫著趙王在禮部當差，主持春闈起，這顆埋下的種子，就在生根發芽茁壯成長。

裴臨川很快就被皇上召回宮裡。

徐侯爺的車馬銀兩，全部被洗劫一空。

賈胖子哭著回來後，徐侯爺聽完他的哭訴，眼一黑差點暈過去，連滾帶爬去東宮告狀。

太子更是心痛如絞，召來王相商議之後，哭著去皇帝跟前，求他作主找出膽大包天的賊人。

正殿內，皇上陰沈著臉坐在正首，裴臨川與幾位相爺陪坐在旁，連趙王也被一起叫進宮。

賈胖子被傳進來講述經過，他只要一想到那些不翼而飛的財物，以及丟了這麼大一筆銀子，要是找不回來，他肯定死無葬身之地，便驚恐萬分，哭得淒慘不已。

「我們出了京城後，白天趕路，晚上歇息，即便偶爾錯過了客棧，在野外露宿紮營也安穩無事。那天我們見天色已晚，也趕不到前面的鎮子，就尋了個平坦避風處歇息，晚上有人巡邏，大家趕路辛苦，草草用過晚飯後就睡了。沒承想，賊人下了迷魂香，我們這一覺就睡到日上三竿。」賈胖子似乎還心有餘悸，顫抖一下才接著哭訴。「幾個巡邏的人也被打暈在地，所有貨物、銀兩，全部消失得無影無蹤。」

王相覷著皇上臉色，起身出列，沈聲說道：「皇上，馬車上徐侯爺府的標記如此明顯，不知是何方的賊子，膽子如此大，連侯府的馬車都敢劫，這豈是在劫財，這是在劫大梁的江山！」

太子只要想到這麼多銀子不翼而飛，就心痛如絞，他也起身出列，哽咽著道：「徐侯爺是我的舅舅，全大梁無人不知，賊子卻根本不放在眼裡，這天下能有幾人這般大膽？」

趙王聽到太子的銀子失竊，這些時日所受的委屈，轉瞬間變成喜意，臉上的幸災樂禍怎麼都藏不住，不時低頭偷笑。此時聽到太子的話，愣了下才反應過來，他是不是意有所指，想將銀子失竊之事扣到自己頭上，讓自己賠他銀子？

趙王的喜悅一點一點散去，心裡的火氣一點一點上湧。

皇上不由得斜睨一眼旁邊的裴臨川，全大梁明目張膽、將徐侯爺不放在眼裡的人也只有他。

裴臨川正襟危坐，此刻不耐煩地看向皇上，問道：「你喚我來是看他們哭嗎？」

皇上愣了下，他深知裴臨川的性子，要是他動手搶，哪會如此大動干戈，徐侯爺的銀子根本出不了府。

皇上緩了緩神色，問道：「可是有竊賊竊國？」

裴臨川神色嘲諷，淡淡地道：「幾兩銀子也能與天下相比？」

皇上心裡一鬆，只要不是反賊便好，又遲疑了片刻問道：「可知銀子去了何方？」

裴臨川臉上的嘲諷更濃，反問道：「你丟了根針是不是也要我幫你找回來？」說完他起身拂袖而去。

殿上眾人神色各異，皇上的臉色變了變，王相忙上前躬身道：「皇上，國師孤傲，自是不將此事看在眼裡。可此口不能開，這次是銀子，下次，是不是要徐侯爺的命，甚至……」

他的話未說完，皇上卻聽得清楚明白。

太子撲通一聲雙膝跪地，哭道：「父皇，你一定要救我啊！這是有人想要我的命啊！我不知得罪了誰，讓他如此恨不得我死，我死了他才能得到好啊……」

太子趴在地上泣不成聲，趙王的臉色越來越難看，氣得七竅生煙，再也忍不住跳起來道：「你這是什麼意思？莫非你是說，我搶了你的銀子？」

皇上想到先前趙王與徐侯爺之間的官司，心裡也越發狐疑。趙王心胸狹窄，出事之地離張賢妃的娘家不過百里，他們沒有本事與護衛明搶，暗地裡做手腳下一些迷魂藥，還是做得到。

太子從來就看不起趙王，此時怎麼肯示弱，一抹眼淚，冷冷地看著他道：「我說的是誰，誰自己心裡清楚，你嫉妒我也不是一天、兩天，從春闈起，四處籠絡士子、文人，這司馬昭之心，又有誰看不出來？」

趙王見太子還有臉提春闈之事，憤怒得恨不得撲過去，直接擰下那惡毒又蠢笨如豬的頭顱，他使出全身力氣才克制住自己。

他也撲通跪下來，哭喊道：「父皇，我冤枉死了啊！我一直在禮部當差，春闈之事本是禮部的差使，他卻冤枉我收買士子、文人，這麼大的罪名扣下來，這是成心要我的命啊！」

皇上見兩個兒子爭相叫屈，太子面色陰狠，趙王神色猙獰，已經撕破臉面，恨不得要置對方於死地。

他腦子裡嗡嗡作響，呼吸漸漸急促，捂著胸一口氣沒緩過來，軟軟地倒下去。

第六十二章

晨曦中，小樹林前的空地上，支起許多頂帳篷，中間最大的一頂帳篷前，孟季年來回踱步，臉上暗含焦急，不停朝遠處張望。

馬蹄聲由遠及近，像是低垂的黑雲席捲而來，孟季年大鬆一口氣，笑著小跑幾步迎了過去。

魏王翻身下馬，將馬鞭扔給隨從，眼裡是掩飾不住的喜意，低聲說道：「一個大錢都沒落下，全部弄到手。」

「恭喜王爺。」孟季年也跟著笑，叉手向他道喜。

魏王大步走向帳篷，頷首致謝。「都是託先生的福，接下來還有勞先生，押送車馬趕路，我將親衛留一些給你。」

孟季年想到京城裡的局勢，沈吟片刻道：「這些親衛還是隨王爺回京，人多眼雜，分幾路悄悄進京，安置在京郊的莊子裡，要是京城一有動靜也有個照應。」

魏王想到自己這次回京賀壽，隨從人馬都是北疆身經百戰的將士，只怕會引來御史的參奏，說他別有居心，不合規矩。

這次靠京城遞來的消息，才搶了太子這麼大一筆銀子。雖說銀子重要，可也重要不過那把龍椅。

他遠在北疆，對京城局勢就是兩眼一抹黑，雖然有王妃在京城，她知曉的也甚少。自從崔家主動找上門來，他見到孟季年持有孟家的帖子求見時，還不敢相信自己的眼睛。

孟季年，代表的是孟相，歷經兩朝的百官之首。

一開始他並不敢全然相信，派王妃去試探之後，他才全然放心，也借孟家之手，真正看清朝堂內外的局勢。

沒有不想做帝王的皇子，魏王亦如是。

魏王洗漱後用過湯飯，孟季年又匆匆找來，低聲說了幾句。

魏王渾身一震，沈聲道：「這些東西都交給先生，你且慢慢來，要是遇到危險，保命要緊，我就先行一步。」

孟季年渾身都是掩飾不住的擔憂，叉手深深一禮。「若是家人有性命之危，還請王爺施以援手。」

魏王還了半禮。「定會不負先生所託，當會盡全力而為。」

大軍整隊後，魏王翻身上馬，浩浩蕩蕩向京城方向疾馳。

起居殿內。

皇上只暈過去一小會兒，急匆匆趕來的太醫還未到起居殿，他就幽幽睜開眼睛，望著圍在身邊的兒子與臣子，悲從中來。

以前他不明白，帝王手握生殺大權，擁有無上權力，怎麼會是孤家寡人，現在他卻深刻感受到高高在上的淒涼。

這些人看似擔憂，可又有幾人真正為他擔心？

太醫到後上前診過脈，躬身道：「皇上身子操勞過度，須得靜養，不宜再動怒，否則會有性命之憂。」

皇上閉上眼，無力地吩咐道：「幾位相爺督促刑部去查案。太子、老二你們都回去，不用在我面前哭，我還沒有死呢，等我死了再哭也不遲。」

眾人施禮躬身退出，王相看著走在前面的老神仙，腦子裡模糊的念頭一閃而過，快得讓他看不清。

王相腳步停頓片刻，神情微凝，很快就回過神，低頭跟了上去。

到了刑部商議好查案之事後，王相回到府裡，喚來隨從吩咐道：「去給我查錢貴，事無鉅細地查，還有孟家人也給我盯著，孟老三很久都沒有在京城出現，查清他究竟去何處。」

隨從領命去後，王相又在書房坐了許久，從太子與趙王的衝突，一件接一件事情往前推，越推他越心驚。

似乎頭頂之上有張巨大的網，對著他們兜頭罩住，任由他們怎麼掙扎，卻始終無法逃脫。

王相想著背後布局之人，就全身發寒。這人手腕高明得讓人害怕，更將他們的性情摸得一清二楚，只需隨手一點撥，他們困在局中，忙著互相廝殺，根本無暇深思，一步步錯到現在。

王相在書房坐了整整一夜，雙眼通紅閃著嗜血的光，毫無睡意。

隨從低聲道：「錢貴一直是打著外地商人的旗號，在萬花樓裡出手闊綽，大致與先前查到的相似。在京城賃下的宅子，裡面的丫鬟、僕婦全部從牙行賃來，幫著做一些灑掃、洗漱等粗活，離開京城時，給了豐厚的賞銀，又退回牙行。近身伺候之人都是他的小廝，聽灑掃婆子說，平常從不讓他們進院子裡伺候，除了有貴人來，會傳丫鬟進去倒茶。」

王相神色陰狠。

貴人？只怕是賈胖子那個蠢貨了，俏丫鬟也是為他備著，否則怎麼會稱兄道弟，那麼快親密起來？

「孟三郎跟著崔氏回青州娘家，崔氏回京城後，他卻沒有一道跟著回來，不知去了何處。」

青州靠海，崔家是青州數一數二的富戶。王相深深閉上眼，都怪自己太過心急，只要認真想一想，自己就不會犯下這些錯誤。

「孟府裡的婦孺老幼，都不在府裡，聽說前些日子就出城去莊子，準備在郊外莊子賞月飲酒，現在留在京城的，都是在衙門當差的男人們。」

王相握緊拳頭，猛地砸在桌上，眼裡殺意閃動，陰森森地道：「去將徐侯爺叫來。」

徐侯爺還未到，小廝滿臉驚慌地衝進屋子，顫聲道：「相爺，太子……太子他出事了……」

王相瞳孔猛縮，立即站起身，大喝道：「慌什麼慌，給我穩住神，說清楚！」

小廝吞了口唾沫，吞吞吐吐地講了一半。

王相身子晃了晃，扶住几案，喘息著打斷他道：「我即刻進宮去，讓徐侯爺不要來府裡，先去護著太子，快去！」

京城迎中秋，街頭人群接踵摩肩，店家沽新酒，花樓的紅姐兒也來助陣。街頭的花車上，她們裝扮得花枝招展，言笑晏晏，惹得閒漢們追在車後，看美人飲新酒，簡直比過年還要熱鬧。

花車遊行到朱雀大街，突然茶樓二樓雅間窗櫺吱呀作響，懸吊在半空中晃動，一團緊摟在一起白花花的物體跌落下來，在彩樓頂棚上彈開，又將花車頂砸了個洞，直直砸在紅姐兒身旁。

「啊！」美人兒們眼見天上掉下巨物，雖沒被砸到，還是被嚇得花容失色，提著裙子抱成一團，驚聲尖叫。

有那大膽的人伸長脖子看過去，愣怔片刻，饒是她們身經百戰，俏臉也泛紅羞澀不已。

「哎喲，這……」

圍觀的人群聽見頭頂響動，先是抬頭觀望，待定睛看清楚，也吶吶不能言，卻又忍不住雙眼冒光，擠進去看得津津有味。

花車裡，躺著兩個不著衣物的年輕男女。男子臉色蒼白，顴骨上泛著不正常的潮紅，額頭冷汗滴落，神色猙獰可怖；女人被壓在下面，看不清臉，只哀哀細聲哭泣。

終於有人忍不住，尖聲興奮的大喊：「刺激啊！」

「從樓上摔下來還分不開，這真是苦命鴛鴦啊！」

「什麼苦命鴛鴦，只怕是貴人們出來玩的新花樣吧？」
閒人們七嘴八舌，笑鬧聲、口哨聲四起，甚至還有人鼓起了掌。
「讓開！讓開！」樓裡侍衛大吼著撥開人群，驚慌失措衝上前，提著男子的雙臂，將他從女人身上用力拉起來。
男子歪歪倒倒，站立不穩，雙眼發愣，神情迷亂。
有人認出男人來，失聲尖叫。「咦，這不是太子嗎？」
「是太子！」
「太子白日在外當眾宣淫？」
人群騷動，有聰明人悄然往後退，侍衛脫下衣衫裹住太子，挾裹住他四下一望，見周圍人潮湧動，只得硬著頭皮往茶樓裡躲。
花車上的紅姐兒們，有看不過眼的，脫下外衫，蓋住車上蜷縮著身子、痛苦呻吟的女人。侍衛又跑出來，不由分說將她也一起帶進去。
有人看清楚女人的臉，難以置信地叫道：「哎喲，不得了，這不是賀家媳婦嗎？」
「太子與有夫之婦勾搭在一起？」
流言四起，越傳越玄，大街上的這一幕，太多人親眼所見，王相就算將他們全部抓起來砍頭，也堵不了悠悠眾口。

皇上躺在床上靜養，接到稟報之後，當即口吐鮮血，徹底暈了過去。太醫施針之後，他醒轉過來，卻眼鼻歪斜，口角流著涎水，說話都困難。

太后聽到皇上又暈過去，憂慮過度也一病不起。

皇上試過針又歇息了一會兒，顫抖著手，總算能斷斷續續出聲。「尋……先生……」

李全湊上前，好半晌聽清楚他的話，又愁眉苦臉地退出去。

先生神出鬼沒，他要到哪裡去尋呢？

唉，皇上這一中風，宮裡只怕要大變天了。

李全望著秋日碧藍如洗的天空，這宮裡混亂得不像話，不變才是怪事。

東宮。

太醫院的太醫們，不斷疲於奔命，太子被送回東宮，躺在床上痛苦慘叫，他身前的陽具已經發紫透亮，用了無數種方式，卻怎麼都卸不了火。

最後太醫沒辦法，見再拖下去陽具會徹底壞死，只得施針放血，太子被折騰得快沒了半條命，總算勉強消下去。

皇后等太子喝完藥熟睡之後，才扶著嬤嬤的手走出他寢宮。

徐侯爺呆呆地站在外面的迴廊上，見到她出來，上前喚了聲妹妹。

「沒事了，他吃了藥，已經歇下。」

徐侯爺見皇后還勉強笑著安慰自己，只覺得更為難過，胸口又堵又悶。妹妹比自己小兩歲，頭髮幾乎全白，眼角皺紋橫生，看上去比太后還要老。

王相本就瘦削的身子，今天像是又瘦了幾分，衣袍穿在身上輕飄飄地來回晃動。他疾步朝皇后他們走來，臉色灰敗，啞聲道：「皇上患了風疾。」

皇后呆了片刻，眼裡驀然迸發出喜意，她按捺住心中的激動，低聲道：「我們去書房說話。」

三人來到書房，皇后斥退宮人，問道：「相爺，你看現在的情形，我們該如何應對？」

王相憋著一肚子火，他勸了太子無數次，要他收斂些，可他前腳答應得好好的，後腳又像是著了魔般跑出去胡混。

王相沒好氣地道：「我又不是神仙，難道事事都能擺平？全京城那麼多雙眼睛看著，御史們的彈劾奏摺，只怕已擺在皇上跟前。」

徐侯爺悶悶地道：「太子這明顯是被人下藥遭到算計，他年輕沒有經驗，又不全是他的錯。」

「算計？他以前用那些助興藥，你以為我不知道？就算被算計，也是他送上門去讓人算計，自己蠢，怪得了誰？」

王相想到跟在太子身後收拾的那些爛攤子，他們也功不可沒，頓時怒不可遏，一拍几案道：「都是你們寵著他，以前我說讓他上戰場歷練，你們不肯，說戰場上刀劍無眼。沒有軍功，不懂政事，豈是沒經驗，根本就是一個徹徹底底的廢物！」

皇后臉色慘白，藏在袖子裡的手緊握成拳，死命掐著自己的手心，總算平息了些，冷聲道：「就算他是廢物，如今也沒得選擇，難道要看著他被廢黜，你才滿意？」

王相滿腔的怒氣瞬間消散，失魂落魄地坐在圈椅裡。

事到如今，他們都沒有別的選擇。

「現今他還是大梁的太子，皇上駕崩之後，他是名正言順的大梁天子。」皇后眼中殺意閃動，聲音像是從牙縫中擠出來，一字一頓地道：「除非你能想到更好的法子。」

王相驚駭地瞪大了眼，難以置信地看著皇后，喃喃道：「蠢貨，真是蠢貨！出這麼大的事，要是皇上沒了，妳以為朝廷百官都是傻子？私德不修，弒父弒君，誰會承認這樣的天子？」

皇后不屑地看著王相。

弒父弒君，皇家這樣的事屢見不鮮，再說前朝的皇帝屍骨未寒，皇上難道不是造反弒君，才有大梁江山？

王相神情疲憊至極，撐著椅背站起身，沈聲囑咐道：「賀家媳婦已經送回去了，讓他們自己處置。先讓太子養好身子，只要皇上不廢他，任由御史百官怎麼跳腳都無用。你們千萬不可輕舉妄動，我先去皇上那邊探一探情形。」

皇后眼神透露著不顧一切的瘋狂，她朝徐侯爺使了個眼色，他旋即起身撲上前，抬手只輕輕一掌拍下，王相便軟軟地暈了過去。

「將他捆了，你留在這裡守好太子。」皇后看了一眼倒在地上的王相，吩咐完徐侯爺，挺直脊背走出東宮。

皇上的起居殿前，圍滿聞訊前來探病的妃嬪。李全攔了一些，只放了些高位分的妃子前去探望。

張賢妃靜靜等在殿前，李全見她淡施脂粉，一身素淨衣衫，不由得多看了幾眼。平時張揚跋扈的人，一旦不受寵，倒也變得低調起來。

李全照常客氣地將她請進去，自己恭敬地守在一旁。

皇上轉動著眼珠子，看了好一陣子才認出眼前人，見她洗盡鉛華，如同初次相識時的清秀模樣，心酸又感慨。

張賢妃斜坐在床榻前，握住他的手，微微笑著，深情喚道：「檀郎。」

「……卿卿。」

張賢妃眼神冰涼，臉上的笑意更甚。「檀郎還記得卿卿。」

皇上的手指動了動，似乎想用力握緊一些。

張賢妃輕輕摩挲著他的手，嘆道：「檀郎也老了，可惜終是沒能相守到白頭。」

皇上的眼珠子停止轉動，愣愣地看著她。

張賢妃放開他的手，笑顏如花，猛地掀開他的被褥，手伸進袖中，隨即寒光一閃，眼中帶著瘋狂狠絕，用力插向他的下面。

「妳……」

皇上喉嚨抽動，發出破風箱般的慘叫。

張賢妃手起刀落，一下又一下，血液飛濺。

電光石火間，李全和內侍都還沒有明白是怎麼回事，待回過神，嚇得驚聲尖叫，連忙撲上來，用力踢開張賢妃，手忙腳亂拿著布巾按住傷口止血。

張賢妃滾倒在地，手上還緊握著匕首，陰沈地笑道：「哈哈哈，這麼根破東西，卿卿不稀罕！」

李全嚇得直哆嗦，無暇顧及發瘋的張賢妃，扯著嗓子直叫喚。「傳太醫，傳太醫！」

皇后提著食盒來到起居殿，見內侍身上沾滿鮮血，連滾帶爬地往外跑，她又驚又喜，慌忙提著裙子往裡衝。

內侍慌忙阻攔，皇后沈著臉一巴掌搧過去。「滾開！瞪大你的狗眼瞧瞧，居然敢攔我！」

內侍想攔，可她是皇后；不攔，她也發瘋怎麼辦？

在他猶豫不決中，皇后已經衝進寢宮。

皇上已經昏迷不醒，李全用絹布按在他的傷處，很快絹布被血濕透。

皇后瞄了一眼張賢妃，她狀若瘋狂，嘴裡說著胡話，內侍正拿著繩子捆住她往外拖。

皇后又看了一眼床上的皇上，簡直想仰天大笑。

天道好輪迴，他曾經最寵的小妾，如今拿刀切了他的命根子。

這是上天都看不過眼，讓張賢妃幫著自己解決了他的性命嗎？看在她幫了大忙的分上，就留她個全屍吧！

皇后用盡全力壓下心裡的喜悅，這時門口響起腳步聲，她以為是太醫，隨意轉頭一看，眼裡的亮光，一寸寸灰暗下去。

先生風塵僕僕，出現在門口。

第六十三章

莊子裡。

日頭一樣燦爛，到了傍晚時分才不捨地西斜。

庭院裡，草木扶疏，花香襲人，空氣中流淌著蜜的甜香，以及新鮮出爐點心的香氣，各種氣味交織在一起，連天上的雲彩都駐足流連，不願意離開。

亭子裡擺放著紅泥小爐，銅壺裡煮著茶，燒了一壺香雪酒，加了細細的薑絲與糖塊進去，喝在嘴裡微甜，又帶著淡淡的辣味。

湖裡新撈起來的螃蟹，膏腴肥美，孟夷光連吃兩隻，用菊花水洗了手，滿足長嘆。「吃蟹一定要配黃酒，秋日裡一定要吃蟹，不然總覺得辜負了上好秋光。」

裴臨川不喝酒，陪著她喝桂花蜜水，本來不喜吃蟹，也陪著她吃了兩隻，聞言輕笑。「有妳陪著，不會辜負。」

一壺酒喝完，孟夷光已有微微的醉意，她臉頰粉紅一片，雙眼明亮如天上的星星，不時嘀咕偷笑。

旁邊還擺著幾罈酒，她卻沒有再開。以前說，願意把每一天都當作生命最後一天過，可事到臨頭，她還是做不到，清醒又克制。

萬一……萬一這不是最後一天呢？

再喝就會徹底醉倒，她要是不能好好看著他走，這才算是生命最後的遺憾吧？

就如裴臨川，他不喝酒，他說：「我喝一點就會醉，醉了不能很好地看清妳。」

他已知曉先生來京城，所有的事情已經不受控，無法預知這場混亂中的艱險。

孟夷光說這就是一場豪賭，落子無悔，他們都不後悔。

莊子裡只剩下護衛與粗使丫鬟婆子，如今他們不需丫鬟伺候，責令她們安安分分待在下人屋子裡，只要不出來亂跑，也無人會與她們為難。

先生身邊的灰衣人突然神出鬼沒出現在亭子邊，默不作聲地看著他們。

孟夷光與裴臨川皆神色平靜，他用力握了握她的手，微笑道：「我該進宮了。」

孟夷光點頭微笑。「好。」

裴臨川繼續道：「阿愚、阿壟留給妳。」

孟夷光笑著搖搖頭。「不，你帶進宮去，因為我還要在這裡等你回來，今年新漬的桂花蜜還未吃上呢。」

裴臨川也不拒絕，答道：「好。」

他果斷而乾脆地起身離開，灰衣人沈默跟上。

天色一點一點地暗下來。

起居殿內，燈火通明。

皇上早些時候醒來過，見到先生在，他又放心地閉上眼睛。

皇后枯坐在旁，見先生喝完茶，欲言又止，嘴唇張了張，好半晌才問出口。「先生，我兒他……」

先生放下茶杯，語氣平平。「你兒無事，他是大梁命定的太子。」

皇后長長地舒了口氣，原本愁眉不展的人瞬間鮮活起來，她深深施禮。「多謝先生。」

先生不喜屋內有旁人，將內侍們都趕出去，連哭著來探病的太后都未讓她進來，只隨手留下皇后使喚，他指了指几案上的藥碗說道：「妳去伺候他服藥。」

皇后垂下眼眸，低聲應是，起身走到几案邊，端起藥碗，用手試了試溫度，見不冷不熱才走到床前。

皇上驀然睜開眼睛，他的嘴角仍有些歪斜，只是沒再流涎水，說話也流暢許多，目光向身下掃去，沙啞著聲音道：「我的……」

皇后掩去心裡的厭棄，轉頭看向先生。

先生隨口道：「你已經有兒子，留著亦無多大用處。」

皇上呆愣住，好一陣才明白先生話裡的意思，絕望如黑雲兜頭罩下，喉嚨嚎叫，嗚咽哀鳴。

他是至高無上的天子，龍精虎猛，現今卻如宮內最低賤的閹人一樣，徹骨的恨意讓他全身都哆嗦，聲音像是從地獄裡爬出般陰狠。

「賤人！給我殺掉那個賤人，誅她九族，連她生的賤種也給我一起挫骨揚灰！」

皇后心中升起說不出的暢快，她簡直想大笑，忙垂下頭，硬生生地憋住，一時神情古怪至極，低聲應了聲是。

先生對於皇上想殺誰沒有興趣，只一直望著門口。

皇后捧著手裡的藥碗，見裡面的藥已經微涼，卻懶得去換，忍著喜意道：「皇上，先喝藥吧。」

皇上眼神似冷箭，眼裡閃過狠毒，緊緊盯著皇后。

這個賤人也不是什麼好東西，生的兒子不會教，出去四處惹禍，將皇家臉面丟得一乾二淨。要不是她教不好太子，自己怎麼會被氣得中風，讓張賢妃那個賤人有可乘之機？

賤種！滿門的賤種，太子也就算了，你們徐家上下滿門，我一個都不會放過！

皇后後背陣陣發寒。

他們夫妻多年，她太過熟悉他的眼神，他會殺了自己。

皇后端著藥碗的手輕輕顫抖，喉嚨發緊，用盡全力才克制住畏懼，拿起湯匙，舀了藥遞到皇上嘴邊。

皇上盯著藥，像是見著殺父仇人般，良久之後終是張開嘴，喝到嘴裡卻又吐出來，罵道：「找死，這麼冷的藥也敢呈上來。蠢貨，徐家人都是蠢貨！」

皇后渾身瑟瑟發抖，面無血色，站起身哽咽道：「我重新再去熬一碗過來。」

起居殿外，李全耷拉著腦袋守在暗處，見到皇后出來，忙上前接過藥碗。

「將藥熱一熱吧。」皇后淡聲吩咐。

李全愣了下，恭敬應了聲。

皇后站在屋廊下，仰望著掛在天上半圓的月亮，清輝灑在層層殿宇間，影影綽綽像是鬼影在晃動。

記得從前住在鄉下，她最喜歡的就是中秋節，秋收過後賣了糧食，手頭也不那麼緊，家裡會蒸棗糕、熬糖，從山裡撿栗子、核桃和各色梨兒果子。

晚上拜月，頭頂上的月亮，掛在廣袤無際的天上，照著小院裡的歡聲笑語，幸福得像是不真實的夢。

成親後，成親後……

皇后的眼睛漸漸濕潤，拿出帕子按了按眼角，深深呼出口氣，袖著手，摩挲著裡面的紙包，又挺直脊背，轉身走回殿內。

先生一直等著的人，終於踏著一地月色，緩緩來到他的視線內。

「先生。」裴臨川一如尋常，俯身優雅施禮。

「你們輸了。」先生帶著難得的笑意，指了指軟榻，說道：「坐吧。」

裴臨川面色平靜，坐在軟榻上，微微一笑。「未必。」

先生也不反對，像是話家常般說道：「我早就說過，天命難違，你們總是要做無謂反抗，生死、富貴皆是天命，早有定數。」

此時，李全熱好藥，大氣都不敢出，躬身悄無聲息將藥送到皇后跟前，又躡手躡腳退出去。

裴臨川看了李全一眼，又收回目光，提壺倒了杯茶，湊在嘴邊喝了一口，才笑道：「那是你認為的天命，我從來都沒承認過。」

先生沈下臉，怒瞪著他。「你自從亂了心智之後，就愚蠢不堪，孺子不可教也！」

裴臨川側了側身，伸手提壺倒茶，寬大的袖袍垂下來，投下一片陰影。

「先生，愚蠢的，是你選擇的人。一開始你就大錯特錯，相信這些無稽之談。家國天下豈能由天命來定，你置天下蒼生於何地？」

先生眼裡火氣更重，怒瞪著他道：「你！」

裴臨川咄咄逼人，拔高聲音道：「民貴君輕，水能載舟亦能覆舟。先生學識淵博，連三歲稚兒能明白的道理，卻從未讀懂過。九娘曾跟我說過一句非常有意思的話，她說就算是一頭豬，只要風夠大，也能被吹上天。你選的天命之人，他們蠢笨如豬，是我嘔心瀝血，一心輔佐，是前朝皇帝昏庸無能，是天下百姓沒了活路，他們才能成為被吹上天的那頭豬。」

他的聲音清越激昂，在殿內迴盪，越說越激動，突然站起身在屋內走來走去，鏗鏘有力地道：「你的一切不過是你的臆想，颳風下雨，天狗吃月，是再普通不過的天象，又有何神秘可言。」

先生目光跟隨著他動來動去，眼冒金星，捂著胸口，氣得鬍鬚都在抖動，大喝道：「放肆！你們輸了便是輸了，死到臨頭還敢狡辯。」

裴臨川突然停下腳步，神色慢慢淡下來，輕聲道：「先生，你輸了。最神秘的，還是人性。」

先生愣住，突地臉色遽變，如彈弓般飛撲向皇上床邊，伸手一拂，皇后「砰」一下砸在青石地面上。

皇后掙扎了幾下沒有爬起來，乾脆放棄，躺在地上，狀若瘋狂地哈哈大笑。「你早就該死了！你死了，我兒就是大梁天子。死閹狗，先生說得對，要你那孽根又有何用！」

皇上蜷縮成一團，嘴角溢出烏黑血漬，雙眼圓睜，死不瞑目。

先生喉嚨腥甜，噗地一口鮮血噴了出來，身子晃動站立不穩，難以置信地喃喃道：「輸了？我輸了？」

他眼神散亂，像是瘋子般，不斷在殿內埋頭奔走，重複著自己的話。「我輸了？我怎麼會輸呢？」

裴臨川聽著外面沈悶的腳步聲越來越近，他聲音輕快，飛身往外撲去。「你輸啦，我要走了，我們不會死。」

先生雙手抱頭，時哭時笑，拔腿往外飛奔。灰衣人緊緊跟在身後，轉瞬間消失不見蹤影。

「護駕，護駕！」徐侯爺高亢的聲音穿透夜空，跳著腳不斷高呼。

王相氣急敗壞跟在他身後，聲嘶力竭地道：「皇上有令，國師聯合孟相謀反，快殺了他們！」

「殺了他們，殺啊！」徐侯爺也跟著扯著嗓子嚎叫，身後提著刀槍的京畿營大軍，齊齊湧向裴臨川。

裴臨川雙手快如閃電，搶過一把長槍，揮舞橫掃，兵丁慘叫著倒下，後面的人又補了上來。

裴臨川沈下臉，這些將士配合有術，英勇善戰，曾是在他指點下訓練出來的精兵。看來先生篤定自己贏定了的事實，是鐵了心要孟夷光的命。

他又焦急又心痛，莊子裡只怕已危險重重。

裴臨川穩住心神，當機立斷，尋了個最薄弱之處，猛地衝撞過去。長槍翻飛，被他撞出一個小缺口，抓住機會飛身撲出，手臂被刀尖劃出一道長口，劇痛襲來，手裡的槍差點握不穩而掉落在地。

「國師，你快走！」阿愚和阿聾提著長刀殺進來，與官兵戰成一團。

裴臨川微愣，點點頭道：「好，拜託你們。」

王相進到殿內，又跌跌撞撞奔出來，尖聲道：「皇上駕崩了！皇上駕崩了！國師膽大包天，謀反弒君，快殺了他！」

突然，一道中氣十足的喊聲壓下王相的尖叫。「皇后毒殺皇上，太子造反啦！」

老神仙扯著蘇相在後，嬤嬤扶著太后在前，身後跟著禁軍侍衛。

禁軍侍衛運足氣地吼道：「太后在此，還不束手就擒！」

太后哭得眼睛發腫，不顧一切要往殿內去看皇上，嬤嬤死命拉住她，哭勸道：「娘娘，前面刀劍無眼，反賊心毒，可不會顧人倫，一心要妳的命該怎麼辦啊？」

王相眼神陰狠，帶著不顧一切的癲狂，振臂高呼道：「皇上駕崩，太子監國，反賊孟謙挾持太后，快拿下他們！」

老神仙戳了戳蘇相，低聲怒道：「蘇老兒，你這時候還裝死，你統領禁軍，還不快下令禁軍侍衛擒住弒君之賊！」

蘇相口乾舌燥，冷汗直流，彷彿回到了前朝覆滅的那日，他狠下心，吼道：「王相、太子謀反篡位，罪該萬死！太后有令，殺無赦！」

禁軍侍衛聽令衝上前，與京畿營大兵廝殺起來。

裴臨川乘機隱身於夜色中，朝宮外狂奔而去。

到了宮門口，孟七郎牽著馬候在那裡，裴臨川接過韁繩飛身上馬。

兩人朝正北門疾馳，賀中郎將等在此處，藉著月色遠遠地瞧見他們，手一抬下令。

「開城門！」

莊子裡的花香，被濃烈的血腥味掩蓋，刀劍碰撞、廝殺慘叫響徹夜空。

孟夷光蹲在地上，咬著牙拿乾淨布巾纏緊護衛胸前的傷口，外面的打殺絲毫不見減緩的跡象，抬過來的護衛越來越多。老章伸手只探了下鼻息，面無表情越過他，又朝下一人走去。

「傷太重的放棄，只包紮輕傷。」

老章累得乾脆蹲坐在地上，見孟夷光跪在地上，用布巾纏住護衛被齊齊切斷的手腕，嘴裡苦澀難言。

「你只管包紮你的。」孟夷光頭都不抬，神情堅定。「我們不會死！」

她的話音剛落，一個護衛失聲慘叫，腹部被長槍刺穿，對方一挑一甩，將他砸在她腳邊。

護衛終是抵擋不住，京畿營將士殺了過來。

第六十四章

老胡與護衛們形成一堵厚厚的人牆，將孟夷光他們嚴嚴實實護在身後，漸漸地越來越多的護衛倒下，人牆也出現了缺口。

原本景色蔥蘢的庭院已變成修羅場。

月亮仍舊掛在天際，居高臨下注視著這一場夜裡的廝殺。

孟夷光的雙手浸滿了血，隨意在身上擦拭乾淨，她撿起一把長刀握在手中，對老章笑了笑，道：「你知道哪裡可以逃走。走吧，別留在這裡等死。」

老章齜牙咧嘴用力將布巾打了個結，頭也不抬地說道：「走什麼走，這麼多人受傷等著醫治，他們都是我兄弟。」

「你是大夫，都受傷了，最後誰來醫治啊？」孟夷光垂著眼眸悠悠地說。刀柄上有血，握在手上滑膩不穩，她乾脆撩起裙子擦了擦。「走吧，要是兄弟們都沒了，你來替大家收屍。」

老章的手頓了頓，抬頭看向她，始終溫婉的小娘子，此刻一如既往的沈靜，白皙的臉頰抹上了血，在月光下詭異得如同地獄裡開出來的花。

這些兄弟們都是上過戰場的兵，歸甲後留下一身的傷。亂世人命賤如狗，太平時他們活著也並不容易，只得去做苦力討一口飯吃，日子貧困潦倒，居無定所。

自從老胡帶著他們來莊子裡做護衛之後，廚房裡永遠有熱湯飯，有量身縫製的四季衣衫、每月豐厚的月例、年節時額外的紅封，受傷生病有大夫看診，治病抓藥的銀子全包。

她是真正敬著他們，從未拿他們當下人看待。就算自己只是下九流的大夫，對於達官貴人來說，命如螻蟻。

老胡曾說，九娘在做大事。九娘說過，雖沒有絕對的好與壞，可總不能眼睜睜選一個最爛的，誰不願意堂堂正正做人，而要去做一條搖尾乞憐的狗？

在這裡，他們活得像一個人，而不是一條狗，所以兄弟們才會拚死相護。

老章眼睛逐漸濕潤，叉手深深施禮，啞聲道：「好，我去歇息一陣子，等下再過來替他們醫治。」

孟夷光頷首回禮，老章不再猶豫，起身沒入夜色中。

人牆缺口越來越大，護衛們的行動也越發遲緩，有兵丁衝撞過缺口，張牙舞爪朝著她揮刀砍來。

老胡一聲怒吼，舉刀格開投擲向孟夷光的長槍，抬腿飛踢在那個兵身後，緊跟著想撲上去，卻被湧上來的兵纏住手腳。

他雙目赤紅，看著那個兵跌跌撞撞沒有倒下，離孟夷光不過咫尺，手上的刀才要抬起來，卻突然慘叫一聲，片刻後轟然倒下。

孟夷光雙手抽回手中的刀，身上藕荷色衣裙被噴湧出來的血染透，她抬起袖子抹了一把臉上的血，深深呼出一口氣。

前世時心臟不好，她最了解的，就是各式各樣的心，對心臟部位的構造，可以說瞭若指掌。

她雙手微微顫抖，對著老胡展顏一笑。

他鬆了口氣，早就知道她不是柔弱的閨閣女子，能運籌帷幄，也能提刀殺人。

空氣中的血腥味已濃得化不開，青石地面上的血蜿蜒流淌，淹沒過鞋底，踩上去濕滑又黏黏糊糊。

悶悶的馬蹄聲傳來，轟隆隆如同驚雷炸開。

京畿營首領臉色遽變，他領命前來取一個小娘子的性命，原以為不過是再輕巧不過的差使，誰知在莊子大門前就遇到陷阱，損失了好些人手。好不容易小心翼翼地闖進莊子，又遭受負隅頑抗，對方一進一退皆有章法，一看就是身經百戰的好手。

上百人到此時已損失大半，現在要是又來援手，此行非但不能完成差使，還會丟了性命。

他氣急敗壞地舉起刀，吼道：「給我……」

剩下的話戛然而止，一把飛擲來的長槍從他背後穿過，「砰」一聲撲倒在地。

黑衣騎兵如同從地上冒出的鬼魅，勒馬無聲擊殺敵人，馬不停蹄，橫衝直撞過來。

其中一人立起身並不勒馬，飛身從奔馬上躍下，奔向仰倒在血泊中喘息的孟夷光。

那人膝蓋跪在地上，將她緊緊擁在懷裡，輕笑道：「我們贏了。」

日升月落，新的一天又來臨。

京城百姓原本還在忙著過節請客飲酒，一時都緊關上大門，連大氣都不敢出。

不過是短短的一夜，京城悄無聲息變了天。

皇上駕崩，原本的太子被廢黜，趙王被禁足，魏王被擁立為儲君，擇日登基。

原本賓客盈門的王相府與徐侯爺府，大門緊閉，門前的燈籠上包著白布，除了死亡的氣息，連門口高大威武的石獅子，似乎都透著灰敗之氣。

莊子裡。

庭院裡收拾清理過，青石地面上的血跡用水沖刷後，整潔乾淨如新，晚桂與菊花依舊盛放，彷彿一切都未發生過。

唯有空氣飄浮著濃濃的藥味，與院子裡換上的素淨燈籠，婆子、丫鬟神情肅穆來往忙碌地送水送藥，提醒著這裡曾經的不同。

老神仙下馬車後，就提著長衫下襬飛快往內院裡奔去。

跟在身後的孟七郎，手裡親自捧著大包小包的藥材，手忙腳亂地緊追在後。他邊跑邊翻白眼，老神仙這些年沒有白白被趙老夫人追著打，身子骨還真是好，連自己都跑不過他。

進去屋子，老神仙見裴臨川與孟夷光分別躺在兩張軟榻上，剛要生氣，又瞬間歇了心思。

算了，算了，反正他跟麥芽糖似的黏在孫女身邊，也不是一時半刻的事，規矩禮節這些問題，跟他說簡直是浪費口舌。

孟夷光腿受了傷不能動彈，微笑著對老神仙頷首施禮。

老神仙忙道：「妳不要動，小心傷口又裂開。」

「沒事，老章包紮得嚴實。」孟夷光見孟七郎滿頭大汗從門外進來，又笑著喚了聲。「七哥，你快放下，怎麼搬這麼多東西來？」

孟七郎埋怨地看向老神仙，說道：「都是些補藥，老神仙說妳受了重傷，要補血氣。」

老神仙對他擺擺手，像趕蒼蠅那般往外趕。「出去，出去，你阿娘她們還沒有回來，院子裡肯定一團亂，你去搭把手。」

孟七郎滿臉哀怨又不敢反抗，只得怏怏地走出去，幫忙處理院中雜事。

老神仙坐下來，伸手倒了茶，才感嘆道：「這幾天忙得腳不沾地，事情總算告一段落，都讓蘇老兒忙去，我也好躲躲清閒。」

每天老神仙都將京城的局勢傳遞到莊子裡。

先前魏王接到消息連夜疾馳回京，半路與裴臨川遇上，他帶走一部分騎兵趕到莊子，孟七郎則跟著魏王折返回京城。

賀中郎將開城門，魏王他們趕到宮裡的時候，禁衛內侍已經快不敵。幸好他們趕到及時，又有太后在場，京畿營雖有上諭，卻終是束手束腳，到底不敢傷了她，魏王的兵才藉機扭轉局勢，當場拿下王相與徐侯爺。

魏王在皇上跟前大哭一場，又不得不打起精神，勉強接受百官的跪拜請求，先是監國，等皇上百日過後再正式登基為帝。

「皇上的死，唉，這些都是大秘密，無法記入史冊，只能百姓私下議論罷了。」

老神仙也深覺唏噓。孟夷光當時讓後宮進新人，他只想著讓後宮乾脆再亂一些，皇上見到新人忘了張賢妃這個舊人，讓她的眼淚在皇上面前不管用。

趙王沒了她的相助，處處被太子壓制，依他的小心眼，被逼到最後肯定會動手，沒承想最先動手的人卻是張賢妃，還動得那樣驚天動地。

孟夷光淡笑不語。

女人狠起來，男人根本要靠邊站，只是有時候女人只會對女人狠。如張賢妃這種人，受寵了小半輩子，自信又自傲，要是這些被皇上摧毀，她什麼事做不出來？

老神仙笑呵呵地道：「家和萬事興，不管是皇宮後院，還是家宅皆如此，這女人一多啊，肯定會生事。嘿嘿，我讓魏王看了皇上的傷處，就算以後他後宮要進新人，要寵誰抬誰，也得掂量掂量。」

孟夷光無語，老神仙想著一勞永逸，這哪是嚇不嚇能成的事，只要有誘惑在，總會有不怕死衝上去的人。

裴臨川插嘴道：「閹了他就一了百了。」

老神仙瞠目結舌地看著他。「閹了一個又一個，哪有滿門的閹皇帝？」

孟夷光失笑出聲，忙岔開道：「我這邊的傷無礙，只是老胡與那些護衛們傷得很重，老章一個人也照看不過來。回京城後讓七哥再請幾個大夫做幫手，藥材這些都用上好的。」

她神色漸漸黯淡，那些死掉的護衛，雖說補償了豐厚的銀子給他們的家人，可這些又怎麼能與人命相比？

老神仙覷著她的神色，溫和地道：「等妳祖母她們回來，讓她們去給他們作幾場法事。」

孟夷光點點頭，又忍不住自嘲地笑了笑。走上這條路時，早就知道會一路血腥，可見到自己身邊的人離去，還是會忍不住傷心，真是矯情到極點。

老神仙嘆了口氣道：「妳不過是一個手無縛雞之力的小娘子，最後也沒有做逃兵，與他們戰鬥在一處。小九，慧極必傷，妳就是思慮過重，瞧妳一直不長肉，都瘦成了什麼樣。」

裴臨川看著老神仙，不滿地道：「她不管怎麼樣都好看。」

老神仙瞪著他，朝天翻了個白眼。

「唉，我老嘍，再過一、兩年就致仕，後輩兒孫們的前途，由著他們自己去操心吧。」老神仙手裡捧著茶杯，心有戚戚焉地說道：「再來這麼一次，我這身子骨也吃不消。」

孟夷光也感慨萬分，來這裡後見到改朝換代，又歷經萬險差點沒了命，以後她真不想再涉入這些朝堂紛爭之中，只想過歸園田居的閒散生活。

裴臨川深深凝視著她。「等妳腿傷好了以後，我就來提親，以後我也致仕陪著妳，哪裡都不去。我會畫畫寫字，教書育人，可以賺銀子養家。妳想住在京城就住在京城，想周遊天下就去周遊天下，天涯海角我都陪妳去。」

老神仙眨著眼睛，一時不知道是該高興還是該生氣，乾脆站起身道：「好了，好了，小九好好養傷，待我空閒的時候再來看妳。」

孟夷光憋著笑跟老神仙道別，見他出去後才瞪著裴臨川道：「下次不能當著長輩的面說這些話。」

裴臨川眼含笑意，點點頭道：「好，私下說給妳聽。」

陽春三月，園子裡的花開得正盛，微風拂過，吹落一地花瓣雨。

夏荷提著裙子急匆匆跑來，興奮地道：「九娘，來了來了，國師來了。」

鄭嬤嬤嗔怪地道：「來了就來了，不是早就定下的日子嗎？」

夏荷雙眼放光，笑得快喘不過氣來。「妳去瞧瞧不就知道了？」

趙老夫人與崔氏她們都在亭子裡坐著喝茶，此時聞言，忍不住站起來，好奇地道：「我去瞧瞧，不過是下個聘禮，有那麼好笑嗎？」

孟六娘將孟夷光拉起來，推著她往外走，催促道：「快快快，別讓國師久等。」

孟夷光見她明明一臉急著看熱鬧的表情，笑著湊在她耳朵邊道：「聽說連氏去世了。」

孟六娘一愣，隨即爽朗地笑了起來。「仇人去世，當大賀三日，加上妳的喜事，我們就是雙喜臨門。」

阿鸞在她們之間鑽來鑽去，拍著小手歡呼道：「哦哦，雙喜臨門，雙喜臨門。」

孟六娘捂住他的嘴，瞪著他道：「小孩子不許學大人說話！」

阿鸞頭一扭掙脫開，做了個鬼臉，一溜煙地跑遠了。

孟夷光心裡嘆息，看出孟六娘恩怨分明，連氏對孫子可是無二話可說，她不願上一輩的恩怨轉嫁到小輩身上，就算是在她以前的世間，也無幾人能做到。

孟夷光攬住孟六娘的手臂，慢慢跟著趙老夫人她們往前廳走去，低聲道：「六姊姊，六姊夫這樣子的男人，就算阿爹都比不上，要是妳心裡還念著他，就不要錯過了。」

「妳這人……」孟六娘斜睨著她道：「他不主動，難道還要我追著他去？再說人家還得守孝，三年後不知道成了什麼樣子，要是他又老又醜，我才不會要他呢。」

孟夷光忙點頭道：「是是是，又老又醜又窮就算了。嘿嘿，讓七郎幫妳找幾個年輕俊美的面首，反正妳又不缺銀子。」

孟六娘伸手去擰她的嘴，兩人笑鬧著一路來到前廳。饒是孟夷光見多識廣，也張大了嘴，下巴合不上。

裴臨川一襲朱紅錦袍，鬢角戴著一朵拳頭大的茶花，面若芙蓉春曉，雙眼含情脈脈，雙手各摟著一隻大雁在胸前，笑得見牙不見眼，看起來要多傻有多傻。

阿愚和阿壟也換上新衣，肩上挑著兩個大筐子，裡面挨挨擠擠裝滿大雁。

裴臨川見到孟夷光，迎上來將大雁遞到她面前，深情地道：「大雁代表著一生一世，我捉了很多隻大雁，以後我們生生世世都在一起。」

——全書完

若無相欠，怎會相見／茶榆

2024年4月出版

沖喜是門大絕活

看著書冊上筆畫複雜的字體，他確定自己一個字都認不得，
雖說他有心識這古代文字，可翻開書本才看幾眼他就覺得頭暈眼花，
他從不是個會委屈自己的，既不知該如何解釋秀才成了文盲，
那麼最好的方法就是趕緊棄文從商，先改善家裡的條件，
畢竟一個吃隻雞都要靠老人掏棺材本的農戶，賺錢才是當務之急吧？

文創風 1246 1

因為站錯隊，姜家在新皇登基後慘遭清算，一家子被流放北地，
流放路上，為了替生病的母親籌措診金，姜婉寧以三兩銀子將自己賣了，
她一個堂堂大學士家千嬌百寵的千金小姐，突然間成了替人沖喜的妻子，
夫君陸尚出身農家，年紀輕輕就中了秀才，若非病弱，或許早成了狀元，
除了身子不好，他還有一點不好，就是太過孤僻冷漠，對誰都少有好話，
想當然，她這個買來的沖喜妻更得不到他善待，每天只有無止盡的辱罵，
於是她忍不住想著，他怎麼還沒死？可當他真死了，她的處境卻沒改善，
相反地，因為沒了沖喜作用，她時時面臨著被陸家人賣去窯子裡的威脅！

文創風 1247 2

詐屍了！死去的夫君陸尚詐屍了！
夜深人靜，姜婉寧獨自在四面透風的草堂裡為病死的夫君守靈之際，
夫君他居然推開棺材蓋，從棺材裡爬出來了！
若是可以，她想頭也不回地逃出去，跑得越遠越好，最好一輩子不回來，
無奈她雙腿早跪麻了，只能邊哭邊四肢並用地往外爬著，
正當這時，身後一聲「救救我」讓她停下了逃跑的動作，
她擦乾眼淚，戰戰兢兢地上前查看，這才發現陸尚他居然復活了！
所以說，她這個沖喜妻莫名其妙發揮絕活，真把人沖喜成功了……吧？

文創風 1248 3

不對勁，真的很不對勁！陸尚自從活過來後，就像變了個人似的，
他不再是以前那個自私涼薄的人，不僅對奶奶好，對她這個妻子也好，
最令她不解的是，鄰人求他給孫子啟蒙，他嘴上應下，轉身卻丟給她教，
她學富五車，給孩子啟蒙實在是小事一樁，甚至教出個舉人都不是問題，
問題出在夫君身上啊，因為他復活後突然說要棄文從商，成立陸氏物流！
要知道，一旦入了商籍，之前的秀才身就不作數，且家中三代不准科考，
可他卻說，飯都快吃不起了，還想那麼多往後做甚？
……好吧，既然他這個真正有損的秀才都不著急，她急啥？要改便改吧！

文創風 1249 4 完

「我不識字了，妳能教我認認字嗎？」做生意得簽契約，文盲這事不能瞞。
姜婉寧錯愕地看著陸尚，每個字她都聽得懂，但合在一起她卻無法理解，
什麼叫不識字了？他不是唸過好多年書，還考上了秀才，怎會不識字呢？
他說，自打他重新活過來後，腦子就一直混混沌沌的，
隨著身子一天好過一天，之前的學問卻是越來越差了，
最後發現，他開始不認得字了，就連自己的名字都不會寫了！
因為怕說出來惹她嫌棄、不高興，所以他便一直瞞著不敢說，
看他低著頭一副小媳婦模樣，她不禁自責沒能早些發現，實在太不應該！

2024年3月出版

醫路福星

文創風 1244~1245

林菀沒想到剛穿越過來，就要為自己的人生大事做決定，
秀才李硯好心救了落水的她，卻被逼著要為她負責，
唉，這不是為難人家嗎？而且就算不結婚，她也有信心能在這裡站穩腳跟，
因為她發現，這裡有許多名貴中藥野長在山上，乏人問津，
這裡的村民太不識貨了，這些可都是《本草綱目》裡的神藥啊！

君心如我心，莫負相思意／夏雨梧桐

林菀覺得一頭霧水，她明明在醫院值完夜班累得半死，回家倒頭就睡，
怎麼一睜開眼，就到了這奇怪的地方？難道自己也趕時髦穿越了？
可她無法從原身的身上，搜尋到和這個世界有關的任何訊息，
不行，她得先搞清楚這是哪裡、她是誰，才能應付接下來的難關。
透過原身的幼弟，她得知這是大周，他們住的地方叫林家村，
父親被徵召戰死，母親不久也死了，姊弟三人由懂醫術的祖父撫養長大，
祖父死前安排好了大姊的婚事，如今家中僅剩十六歲的她和幼弟，
而原身採藥時意外跌入河中死了，然後她穿來，被路過的同村秀才所救，
恩人李硯將她一路抱回家，還好心地花錢從鎮上找了大夫來醫治她，
可問題來了，男女授受不親，這一抱瞬間流言四起，難道她要以身相許嗎？

2024年3月出版

千金好本事

文創風 1241～1243

沒有白吃的瓜，當然也沒有白占的便宜。
想欺負人，總不能什麼代價都不付，
她敲鑼搞事剛好而已，戲要熱鬧才好看嘛！

鑼聲一響，好戲開場／青杏

說到濛北縣的雨神祭慶典，蟬聯七屆的雨神娘娘沈晞可是大人物，
能踩穩三丈高的木樁，甩袖跳起豐收舞，誰不誇她一句好本事啊！
這全得感謝去世的師父，偷偷收了穿越的她為徒，調教成武功高手，
她才能藉著武藝自創舞步登場表演，賺賺銀子照顧疼愛她的養父母。
慶典結束隔日，她偷閒去河邊釣魚，竟撈了個美人……不，是美男上岸。
她一時善心大發，帶全身濕透的他回家換衣裳，卻遇歹人襲擊，
看似弱不禁風的美男立時替她解圍，好身手又讓她驚豔了一把，
原來他是大梁顏值最高的紈袴王爺趙懷淵，因離京遊玩而意外落水，
為報答她的救命之恩，他乾脆幫到底，孰料審問歹人時挖出天大的八卦——
她的身世不簡單，並非普通的鄉野村姑，居然是侍郎府的正牌千金？!

算是劫也是緣 下

國家圖書館出版品預行編目資料

算是劫也是緣 / 墨脫秘境著. --
初版. -- 臺北市 : 狗屋出版社有限公司, 2024.05
冊 ; 公分. --（文創風 ; 1261-1262）
ISBN 978-986-509-525-3（下冊 : 平裝）. --

857.7 113004192

著作者 墨脫秘境
編輯 黃鈺菁
校對 黃薇霓
發行所 狗屋出版社有限公司
地址 台北市104中山區龍江路71巷15號1樓
電話 02-2776-5889～0
發行字號 局版台業字845號
法律顧問 蕭雄淋律師
總經銷 知遠文化事業有限公司
電話 02-2664-8800
初版 2024年5月
國際書碼 ISBN-13 978-986-509-525-3

本著作物由北京晉江原創網絡科技有限公司授權出版

定價290元
狗屋劃撥帳號：19001626
網址：love.doghouse.com.tw E-mail：love@doghouse.com.tw